ロココ 愛の巣

La Petite Maison

1763

ジャン＝フランソワ・ド・バスティッド 著
片山勢津子 訳

竹林館

まえがき

元岡 展久

「アタシシャワー ノ時ダッテ、コ、ノ戸締マリヲシタコトハナイノヨ。イツモコ、ハ開閉自在ヨ」

谷崎潤一郎『瘋癲老人日記』

直訳すると『小さな家（La Petite Maison）』と題されたこの短編小説は、ある貴族の小さな別邸が舞台となっている。愛人と過ごす快楽の館である。そこでおこる出来事が描かれる。出来事とは、つまり愛の駆け引きである。軽い愛の戯れが、当代に名高い芸術に囲まれた空間を舞台に語られる。時代や文化を異にする読者であっても、ぐいぐいと愛の巣に引き込まれていくお話である。

この小説自体は、一般にはさほど知られていない。同時代のリベルタン小説（自由な欲望や快楽をテーマとした小説）の作家マルキ・ド・サド、ラクロ、クレビオンらの派手な光の後ろに紛れがちである。しかし一部の十八世紀研究者、特に建築史や装飾史の研究者間では割と知られた作品である。当時の生活様式の様々な情報を含んでいて、小品ながら本書から多方面に思索を広げることができる、そのような小説だ。

ここにインテリア史を専門とする片山勢津子先生の翻訳により日本語訳が出版され、手軽に読むことができるようになったこと、それもわかりやすい図付きになったことは、とても喜ばしいことである。

小説は、読者がすきなように読んでよいものなのだが、お節介にもここの「まえがき」で、おすすめの本書の読み方をお伝えしたい。堅苦しいうんちくに反して、本書の主題となっているのはあくまでも軽い恋の駆け引きであり、その舞台は貴族の「小さな家《プチット・メゾン》」である。さほど難しい物語ではなくまた短いので簡単に読める。そこで私は、二度読むことをおすすめしたい。

まず一度目は、添付の再現された邸宅の平面図をあまりみないに程度に読む。物語が、様々な装飾で満ちあふれたイメージのなかに浮かびあがってくるだろう。文章からうけた感覚、湧きあがる感情に身をまかせ、想像に描く空間で、愛を自ら経験しているかのように味わう。そして二度目は、邸宅の再現平面図や挿絵をじっくり参照しつつ、愛の場所を確認しながら読む。部屋の詳細がどうなっていたのか。各部屋に独特なしつらえを使って、どのように愛を伝えたのか。このように感性と理性の二つのモードで読むことで、物語のより深い意図が浮かびあがってくる。そこから各自自由に、妄想を広げていってもらえればと思う次第である。

カバー・扉　画　あべまりえ
カリグラフィー　前田　祐加
挿　画　小宮　容一

Jean-François de Bastide：*La Petite Maison*

ジャン＝フランソワ・ド・バスティッド 著『プチット・メゾン』（1763年）

片山勢津子 訳

ロココ　愛の巣

プロローグ
Prologue

　メリットは男たちと気やすく付き合っていたので、もしかして高級娼婦(1)ではないか、と疑われていた。そう思わないのはよほどのお人好し、あるいはごく親しい友人だけだった。彼女の醸し出す雰囲気、軽妙洒脱な話題、自由気侭な振る舞いが、そうした先入観を確固たるものにしていたからである。だから、メリットをものにしたいとトレミクール侯爵が考え、簡単に事は成ると思い込んだのも無理はない。だが、誰よりも我儘な女心とじっくりと付き合いたい、

(1)　高級娼婦
　上流階級の客を相手とする娼婦。有名な高級娼婦としては、17世紀のニノン・ド・ランクロ（1620-1705）がいる。時の有力者リシュリュー枢機卿が、彼女に多額の金品をつぎ込んで邸宅に招いたが応じなかったと言われ、物語の冒頭を読むと、この二人の人物が思い浮かぶ。

彼はそんな男だった。美貌の持ち主で優しく、才気に溢れ、センスが良く、女性にとって彼の右に出られる者などまずいない。それほど非の打ち所がなかったにもかかわらず、メリットは彼を拒んでいた。その態度がトレミクールには奇妙で、信じ難かった。自分は貞淑だと彼女が言っても、そんなことは到底信じられないと応え、二人の間で口論が続いた。そしてとうとう侯爵は、自分の別荘プチット・メゾンにメリットを強引に誘うに至った。彼女は参りましょうと答え、それがどんな所であってもあなたなど怖くはないと応じた。二人はプチット・メゾンで賭けを行い、彼女はそこに行ったわけだ。

(実の所、彼女はトレミクールのプチット・メゾンが一体何なのか、知りませんでした。そもそも、その名前の示すところの「小さな家《プチット・メゾン》」なるものを、それまで一つも知らなかったのです)

パリ、そしてたとえヨーロッパ中捜したとしても、これほど優雅で創意工夫に富む場所は他にはないだろう。ではこれから、私どもも侯爵と共にメリットに付き従って、一体どのようにトレミクールとの駆け引きを乗り切っていくのか、見物することにしよう。

Petite Maison

プチット・メゾン

プチット・メゾン Petite Maison

この比類なき館は、セーヌ川のほとりに位置する。並木道が左右に続く道へと分かれるところまで来ると、眼前には芝生に覆われた美しい前庭が現れ、門へと導かれて行く。門の左右には、対称の位置に側庭(2)が続く。そこにある動物飼育場(3)には、馴染みあるものから珍しいものまでたくさんの動物がいて、可愛いらしい酪農小屋(4)は大理石や貝殻で装飾され、澄んだ豊かな水があって、日中の暑さを和

(2) 側庭
上流階級の別荘には、家畜や食品保管の場所、馬車や馬小屋、調理の場所などが必要で、これらの建造物が主要建物とは別に、側庭の周りに建っていた。

(3) 動物飼育場
家畜を飼うための場所というよりは、動物園のような娯楽施設である。王族の城には立派な動物園があった。

(4) 酪農小屋
文字どおり酪農製品を楽しむ場所だが娯楽施設で、男性が狩りに出かけている時などに貴婦人がここで楽しんだ。今も、マリー・アントワネットの酪農小屋が、ヴェルサイユ宮殿とランブイエ城に残る。

らげてくれる。つまり、優雅で享楽的な生活に必要な備えだけではなく、馬車など生活に必要なものを維持して清潔にできる、そんなすべての設備(5)がここには備わっているわけだ。反対側の側庭には、馬車や乗馬用の二棟の厩舎(6)、可愛い調教場、それにあらゆる犬種を取り揃えた犬飼育場(7)がある。

これらの建物はすべて塀で囲まれているのだが、その表面装飾は簡素で、芸術的というよりは自然で、牧歌的な田舎風の特徴を示している。巧みに工夫して開けられた塀の開口部からは、果樹園や野菜畑(8)の変化に富んだ様子がちらちらと見え隠れする。そのため不思議とあらゆるものに視線が惹きつけられ、次から次へと感嘆せずにはいられなくなる。

(5) 清潔にできる設備
上流階級の生活は、多くの使用人や設備によって支えられていた。燃料や水、馬、それに洗濯、調理の場所等も必要で、それらの設備が清潔に保たれていることを示している。

(6) 厩舎
馬は、交通手段でもあり狩猟にも使われる。来客用も含めて馬車や馬のためのスペースは、上流階級の住まいには必要不可欠な場所であった。

(7) 犬飼育場
観賞用の犬もいたが、犬は鼻が良い動物なので、狩猟やキノコ狩りの時に先導してくれる必須の動物で、貴族の館では大切に飼育された。

(8) 果樹園・野菜畑
食事のための野菜や果実は、別荘の敷地で栽培されるものが多い。ここではその情景が描かれている。

　メリットもそうした衝動を起こした。だが、まずは興味の引かれる美しいものに近づいて、じっくりと見てまわることにした。しかし、トレミクールの方は、彼女を自分の館へと案内したくてうずうずしていた。というのも、熱い想いを伝えるには、館こそが相応しい場所だったからである。彼女の好奇心は既に煩《わずら》わしいものになっていた。自分のセンスの良さへの賛辞でさえ少しも気にかけなかったし、ほとんど上の空でメリットに応じていた。何しろ、自分のプチット・メゾンよりも案内する女性の方が重要だったことなど、初めてのことである。そうした様子を見て、メリットは勝ち誇っていた。正に好奇心からじっくりすべてを見たかっただけなのだが、悪戯を仕掛けることもできたので、その駆け引きの方に固執していた。それで、こちらで問いかけ、あちらで褒め、至る所で感嘆してみせた。

「本当に、ほら、こんなに巧妙にできている。そちらも魅力的ね。今まで見たことがないわ……」メリットが言った。

「いや、館はもっと特別だよ。見ればびっくりするよ……入りたくないのかい」と、トレミクールが応えた。

「もう少ししてからね。これ、とっても価値があるのよ。全部見てまわらなければならないわ。あちらには、まだ見ていない物があるから。行きましょう、トレミクール、慌てないでちょうだい」と、メリットが続けた。

「マダムがおっしゃるようには、慌ててはいないが、あなたのために言っている。ここから歩くのはお疲れになるだろうし、もう無理なのでは……」と、少しむっとしてトレミクールが答えた。

「あら、ごめんなさい。私はただここに見物に来ただけですし、大丈夫ですわ」と、皮肉たっぷりにメリットは言った。

トレミクールは、彼女の頑固さに徹底的に付き合わなければならなかった。それがしばらくの間続いたが、幸いなことに、彼女がわざと駆け引きでそうした態度をとっていることに、ようやく気づいた。

（もし気づかなければ、彼女を置き去りにしたことでしょうね）

彼は、メリットの手を取ってエスコートし、邸宅の方へと、ずっと引っ張っていくことになった。彼女は何回か、わざとある地点まで連れられて、何歩か歩みを進めては、既に見た物を再度観賞するために後戻りした。トレミクールは絶えず彼女の手を引いてはいたが、かなり苦心している様子だった。一方、メリットは心で嘲笑《あざ》いながら「あなたを失望させられて嬉しいわ」と眼差しでは巧みに語りかけ、仕草では甘えるような態度をみせていた。とうとう、トレミクールが癇癪を起こしてしまった。メリットはその態度が失礼だという素振りで、勝手な人だと言った。

「君の方こそ、勝手だよ。すべてを見ると約束したから我々はここにいるのに。私は自分の住まいが好きで、それを見てほしいのに」と、彼は応えた。

「そうね、分かりましたわ、ムッシュ、じゃあ、見に参りましょう。こんなことで決して口論するものではありませんわ。もう、なんとせっかちでいらっしゃるの……」メリットが返答する。

その彼女の声の響き、そしてその時の眼差しがあまりにも優しかったので、常日頃から咎められている自分の性急さが助長されるのを、トレミクールは感じた。

「ああ、私はせっかちだ。時間が気になるよ。我々は合意してここに来て、だから言っているわけだが……あなたは一体そのことをお忘れなのでは」彼が言った。

「忘れてしまうだなんて、そんなこと決してありませんわ。それどころか、あなた以上に自分の役目を果たしています。あなたはご自分の館で私を誘惑するとおっしゃり、それに対して私は誘惑されないと言って賭けをしたわけですよ。それなのに、この魅惑的なもののすべてに身を委ねることが不実だと、そう非難されて当然だとでも思われるのでしょうか……」彼女は、歩きながら答えた。

Cour · Vestibule

中庭・風除室

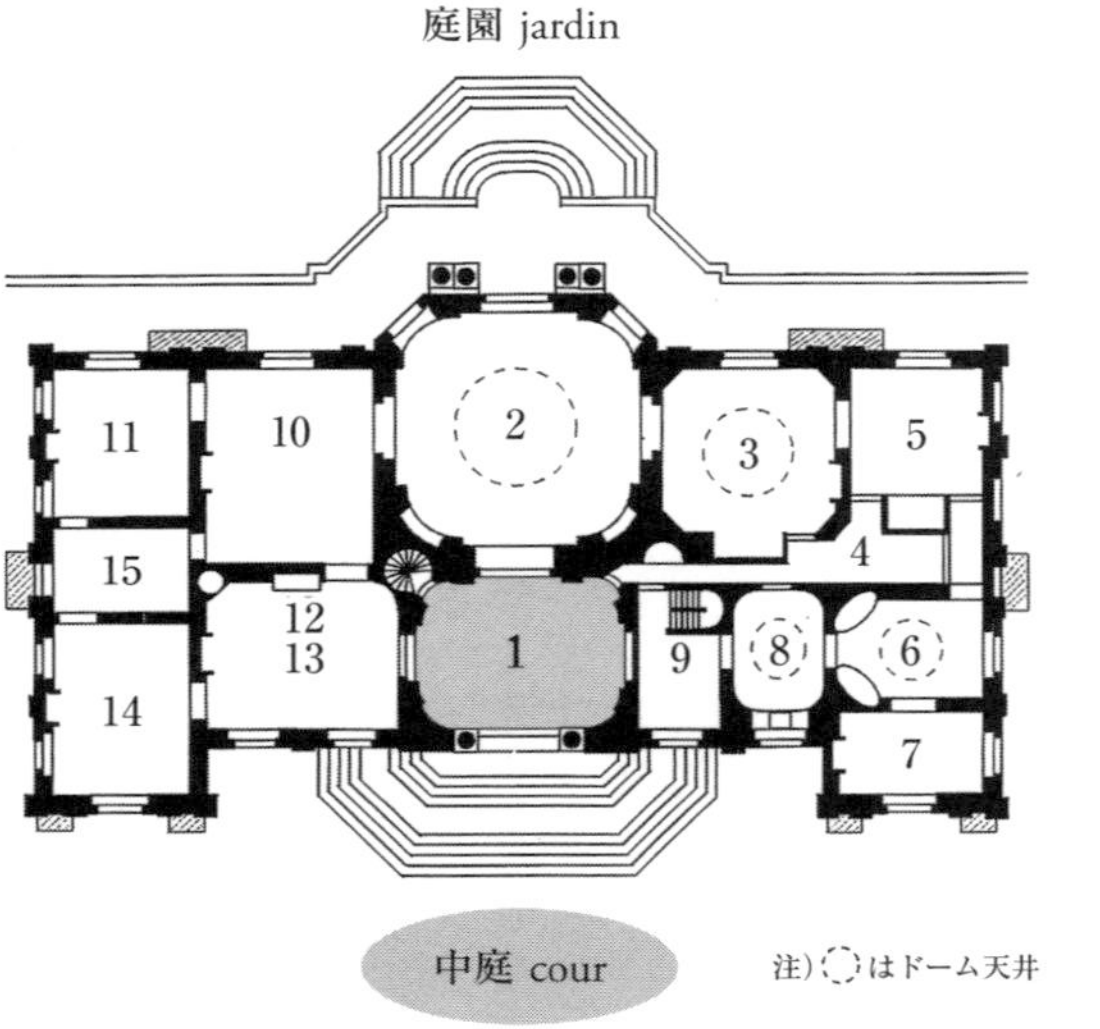

(1)風除室 vestibule
(2)大広間 salon
(3)寝室 chambre à coucher
(4)回廊 corridor
(5)ブドワール（閨房）boudoir
(6)浴室 appartement de bains
(7)化粧室 cabinet de toilette
(8)トイレ cabinet d'aisances
(9)衣裳部屋 garde-robe
(10)娯楽室 cabinet de jeu
(11)珈琲室 cabinet
(12)ビュッフェ buffet
(13)食堂 salle à manger
(14)ブドワール（閨房）boudoir
(15)衣裳部屋 garde-robe

中庭・風除室 Cour・Vestibule

トレミクールはメリットの問いに応えようとしたが、ちょうど館の前にある中庭(9)中央に着いた。すると、建物を一瞥しただけでメリットが感嘆の声を上げたので、答える間がなくなってしまった。

その中庭は広くはないけれども、建築家のセンスの良さが窺える。中庭を囲む壁は、館を際立たせるためにかなり高さのある香木の生け垣で覆われている。しかも、空気が淀まないように、そこに恋の

(9) 中庭
左右の付属建物に囲まれた邸宅前の前庭で、ここからは主屋の外観がよく見える。通常は、馬車で玄関前の階段下まで乗りつけるので、ある程度の広さがある。

キューピッドが宿るかのように、魅惑的に剪定されている。そのため、メリットがまたもや浴びせかけるうるさいほどの褒め言葉に、トレミクールはぐっと耐えなければならなかった。

　二人はようやく、幾分大きな玄関の風除室(10)へと続く階段下に到着した。すると、侯爵は合図をして召使いたちを退散させ、すぐに庭園に面した大広間へと、彼女を案内した。

(10) 風除室
　建物に入るための部屋で、一定の広さがあり、ここから幾つかの部屋に入ることができる広間である。

Salon

大広間

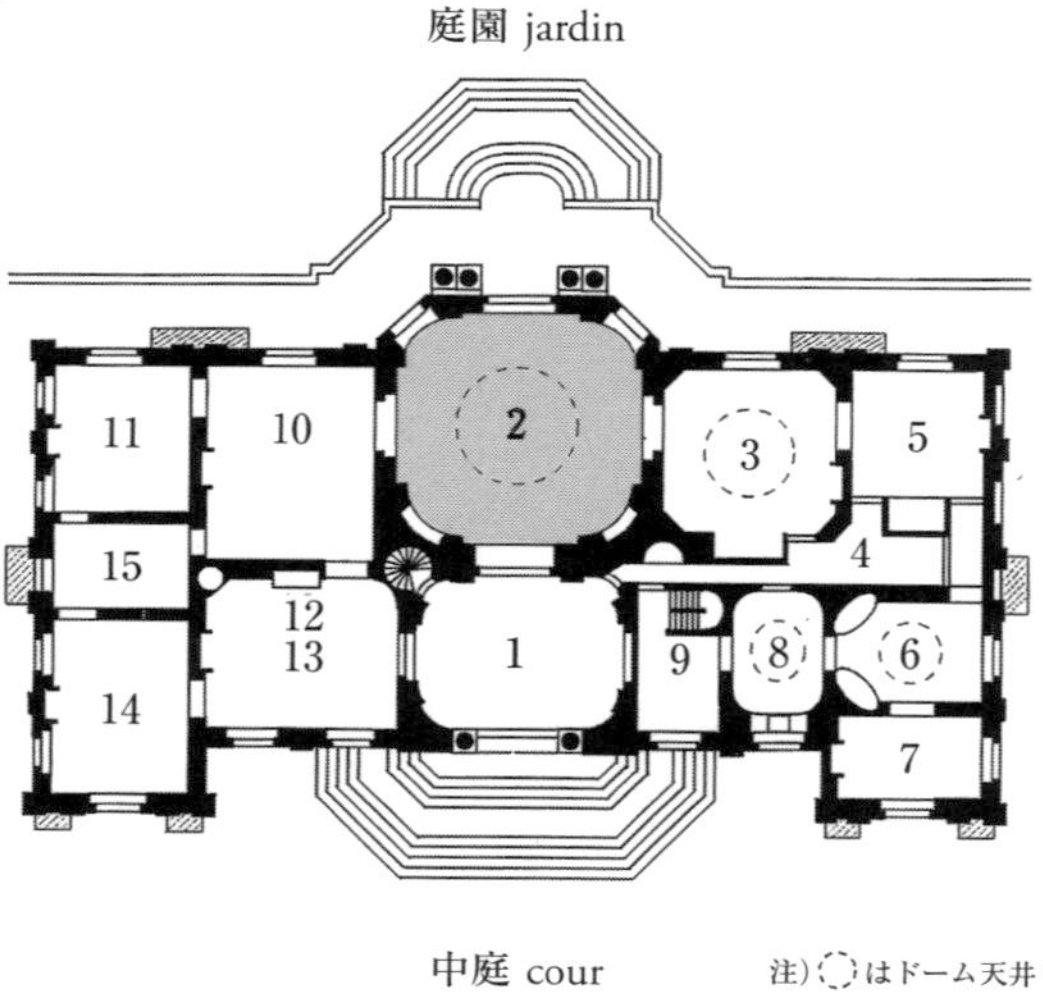

(1)風除室 vestibule
(2)大広間 salon
(3)寝室 chambre à coucher
(4)回廊 corridor
(5)ブドワール（閨房）boudoir
(6)浴室 appartement de bains
(7)化粧室 cabinet de toilette
(8)トイレ cabinet d'aisances
(9)衣裳部屋 garde-robe
(10)娯楽室 cabinet de jeu
(11)珈琲室 cabinet
(12)ビュッフェ buffet
(13)食堂 salle à manger
(14)ブドワール（閨房）boudoir
(15)衣裳部屋 garde-robe

大広間 *Salon*

ここは、この世に比肩するものがないほど、見事な部屋である。彼はメリットの驚きに気づき、感嘆するに任せた。事実、この大広間[11]は大層魅惑的な造りなので、誰もがここで優しい気持ちになり、持ち主である主人が思いやりのある人なのだと単純に信じてしまう。部屋は円形で、天井はドーム型でアレ[i]の甘美な絵が描かれている。木製パネルはライラックの藤色で塗装され、とても美しい鏡が嵌め

(11) 大広間　庭園に面した中央にある円形室で、天井は高さのあるドーム型をしている。描かれている「甘美な絵」とは、男女が屋外で優雅に会話や音楽、ダンスなどを楽しむ様子を描いた『雅宴画（フェート・ギャラント）』と言われる流行の絵画を指している。また、例えられているカルパンティエは17世紀の建築家で、彼が描いたヴァル・ド・グラース教会堂の天井画を指していると思われる。この教会堂はルイ14世の誕生を記念して建設されたもので、天井には詩人モリエールの『ヴァル・ド・グラース教会の天井画を称える詩』で有名なフレスコ画がある。

i　以下、人名については、本文末尾に記載。

込まれている。すべての戸口の上部には同じくアレの絵画があり、男女の甘美な情景が描かれている。そこに、美しい黄金色の彫刻装飾が趣味よく配され、際立って輝いている。使われている織物の色合いもよく、壁板のライラック色と釣り合っている。一言で表現するなら、建築家カルパンティエ[ii]でさえ、これほど感じの良い非の打ち所のないものを作ることはできなかっただろう。

日が陰ってきた。すると、一人の黒人召使いがやって来て、シャンデリアの三十本の蝋燭とセーブル焼の燭台[12]に火を点した。燭台は芸術的な作りで、金メッキされたブロンズの支柱に支えられている。点灯されて、新たな光の輝きが鏡に反射したことで、その場がより広く見えた。反復する灯火が、堪え難くなってきた欲望の目的を、トレミクールに再び思い起こさせた。

(12) セーブル焼の燭台
セーブル窯は１７５６年に誕生した。国王ルイ15世の愛妾ポンパドール夫人がヴァンセンヌからヴェルサイユに近いセーブルの地に移したことから、この名がついた。ドイツのマイセン焼に追いつこうと、国をあげて焼物作りに取り組んでいた時期である。「芸術的な作り」の燭台とは、ロココ特有のカーブを描いた形を表現している。

メリットの方は、その輝きに心を打たれて真剣に鑑賞を始め、トレミクールに悪戯する気持ちは消えようとしていた。というのも、他の貴婦人たちが恋や浮気に現《うつつ》を抜かしている時間を彼女は学びに費やし、お洒落に勤しむこともなく、愛人のない生活をしていたからで、本当の目利きであり物知りだったからだ。著名な芸術家の資質を、彼女は一目で見抜いた。だから、彼らが不朽の名声を得られたのは、彼女が代表作を評価してくれたお陰である。ところが、そうした名作の評価をしばしば妨げるのが多くの女性たちで、つまらないものでも好きになることがよくある。メリットは、彫刻を取り仕切ったピノー[iii]の創意に富んだ軽やかな刃さばきを讃えた。また、ダンドリヨン[iv]の才能に感心した。木工や彫刻の繊細さを知覚できないほど極めるのに、あらゆる手腕を用いていたからである。しかし何より、メリットはトレミクールからの執拗な眼差しに晒されていることを忘れていた。彼を自惚れさせることになるにも関わらず、趣味の良さと選択の良さに相応しい賛辞を、惜しみなくおくった。

「ねえ見て、私これ好きだわ。こんな風に富をつぎ込んでほしいものだわ。これはもはや小さな家《プチット・メゾン》なんかじゃなくって、芸術家の才能と建築主の審美眼による美の殿堂と呼ぶべきものだわ……」と、彼女は言った。

「それはともかく、愛の棲家というのはこうあるべきなんだよ。あなたは愛の神(13)を知らないからね。気づかない間に素晴らしいことが、きっとたくさん起きていたことだろうに。愛の神に気づいてもらうためには、少なくとも自分がその神を感じるように振る舞わなければならないよ。それはお分かりだろう……」と、彼は優しく言った。

(13) 愛の神
いくつかの場面で愛の神が登場する。フランスでは、理屈では説明できない恋の感情を、愛の神に矢で射止められたからだと考えた。そのため、愛の神に気づいてもらえなければ、恋愛は芽生えないというわけである。

「あなたがお考えのように、そう思いますわ」彼女は言葉を継いだ。「でも、ではなぜたくさんのプチット・メゾンが、これほどまで品の悪さを示すと言われるのでしょうか」

「それは、所有する者に真の愛を感じる心がないのに、欲するからだ。だから、そんな男たちとプチット・メゾンに行くことがないように、あなたの運命を、愛の神は決めてこられたのだろうね」と、トレミクールは返答した。

メリットはじっと聞いていた。手の甲に接吻されなければ、さらに聞き続けたことだろう。だがこの接吻によって、トレミクールがここに来た理由を悟った。彼が機会を見つけては言おうとすることすべては、見返りを求めてのことなのだ。メリットは、次の部屋を見てまわるために立ち上がった。侯爵は、大広間の美しさだけでメリットが随分感動していることに気づいていたので、魅力的な他の部屋も見せればより感動が増すだろうと期待し、彼女が自ら賭けに負ける運命へと急ぐのを邪魔しないようにした。彼女の手を取り、右翼の寝室(14)へと入った。

(14) 寝室
日本人が考えるようなプライベートな部屋ではなく、館の中の主室である。改まった時にもこの部屋を使った。

Chambre à coucher

寝室

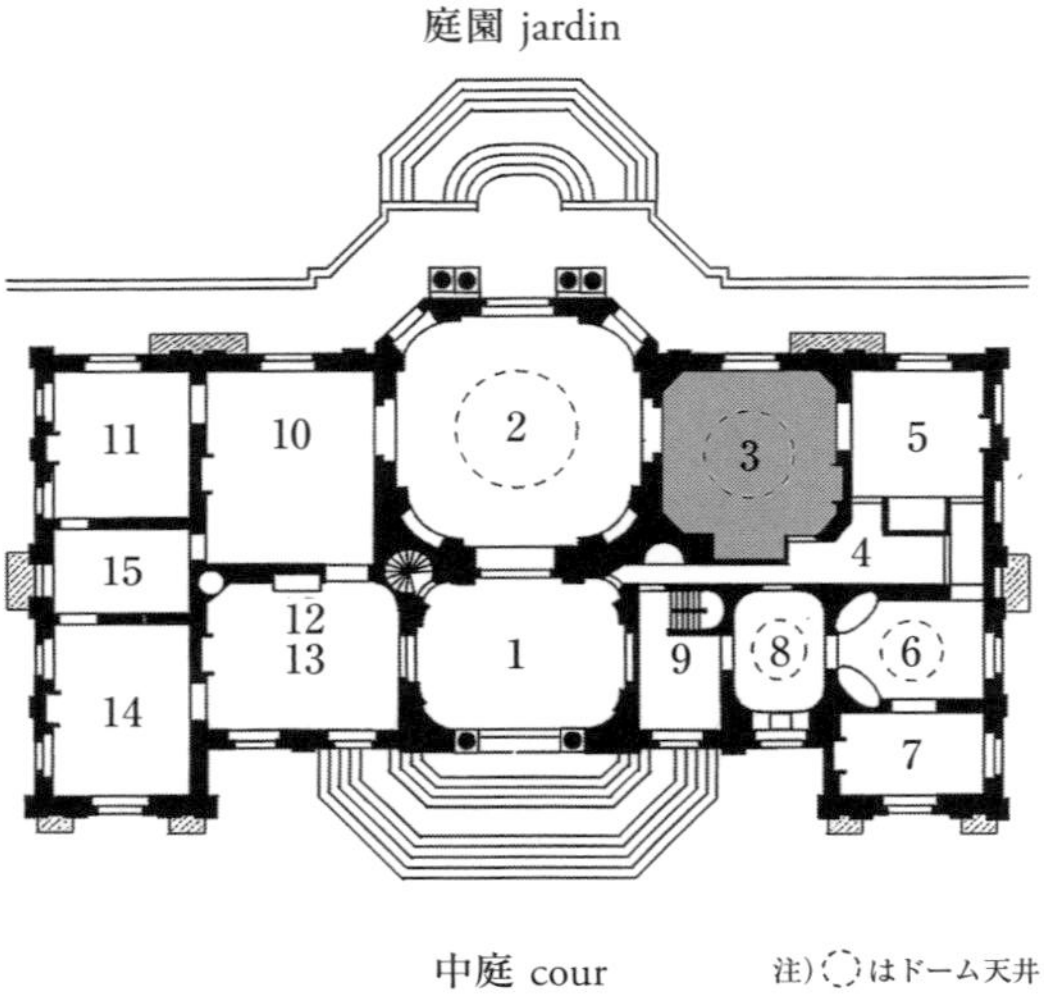

(1)風除室 vestibule
(2)大広間 salon
(3)寝室 chambre à coucher
(4)回廊 corridor
(5)ブドワール（閨房）boudoir
(6)浴室 appartement de bains
(7)化粧室 cabinet de toilette
(8)トイレ cabinet d'aisances
(9)衣裳部屋 garde-robe
(10)娯楽室 cabinet de jeu
(11)珈琲室 cabinet
(12)ビュッフェ buffet
(13)食堂 salle à manger
(14)ブドワール（閨房）boudoir
(15)衣裳部屋 garde-robe

寝室 *Chambre à coucher*

この部屋は、角のとれた正方形である。ベッドはニッチ[15]に囲まれ、美しく色鮮やかな黄水仙色をした北京製の絹が貼られ、庭園側の十字に縁取られた窓に面している。部屋の四隅に鏡を配置することも怠ってはいない。部屋の壁上部は曲面で終わり、天井の円形フレームの絵に続く。それはピエール[v]のヘラクレス[16]の絵で、夢の神モルフェウスの腕に抱かれたヘラクレスが愛の神キューピッドに起こされ、目覚めたシーンを描いている。木のパネルはすべて、淡黄色で

(15) ニッチ
壁の一部を窪ませた部分をいう。包まれた空間にベッドがあると心地よいので、こうした配置が好まれた。

(16) ヘラクレス
ギリシャ神話の中でも偉大な英雄で、波乱万丈の一生を送ったことで知られる。「モルフェウスの腕に抱かれキューピッドに起こされている」とは、深い眠りから愛に目覚めた瞬間を描いた図である。

彩色されている。床は赤褐色のアマランスとヒバの寄木細工で、トルコブルーの大理石が使われている。四隅の鏡の下には大理石製のコンソールテーブル(17)が置かれていて、その卓上に、選び抜かれた美しいブロンズ像と陶器が、調和を乱すことなく配置されている。つまり、様々な形の美しい家具と、この館のいたるところにある丸みを帯びた表現が、魅惑的観念を端的に示しているわけで、どんな冷静な理性の持ち主であっても、形が発する官能的な魅力を多少なりとも感じざるを得ない。

メリットは、もはや何も称賛する元気がなくなっていた。感じることすら恐れ始めていたのだ。彼女が二言三言しか喋らないので、それを非難することもできたが、トレミクールは人の気持ちを見抜く眼力を持ち合わせていたので、しばらくは様子を見ていた。とい

(17) コンソールテーブル
壁に面して配置される装飾用テーブルを言い、上部に鏡が配置されるのが一般的である。この時代は部屋の角を嫌ったので、四隅をおとし、そこに鏡とコンソールを設置している。

うのも、称賛されれば女というものは意見を撤回しうると知っていたからである。普通の男なら、物静かな様子に謝意を述べたことだろうが。

Boudoir

ブドワール（閨房《けいぼう》）

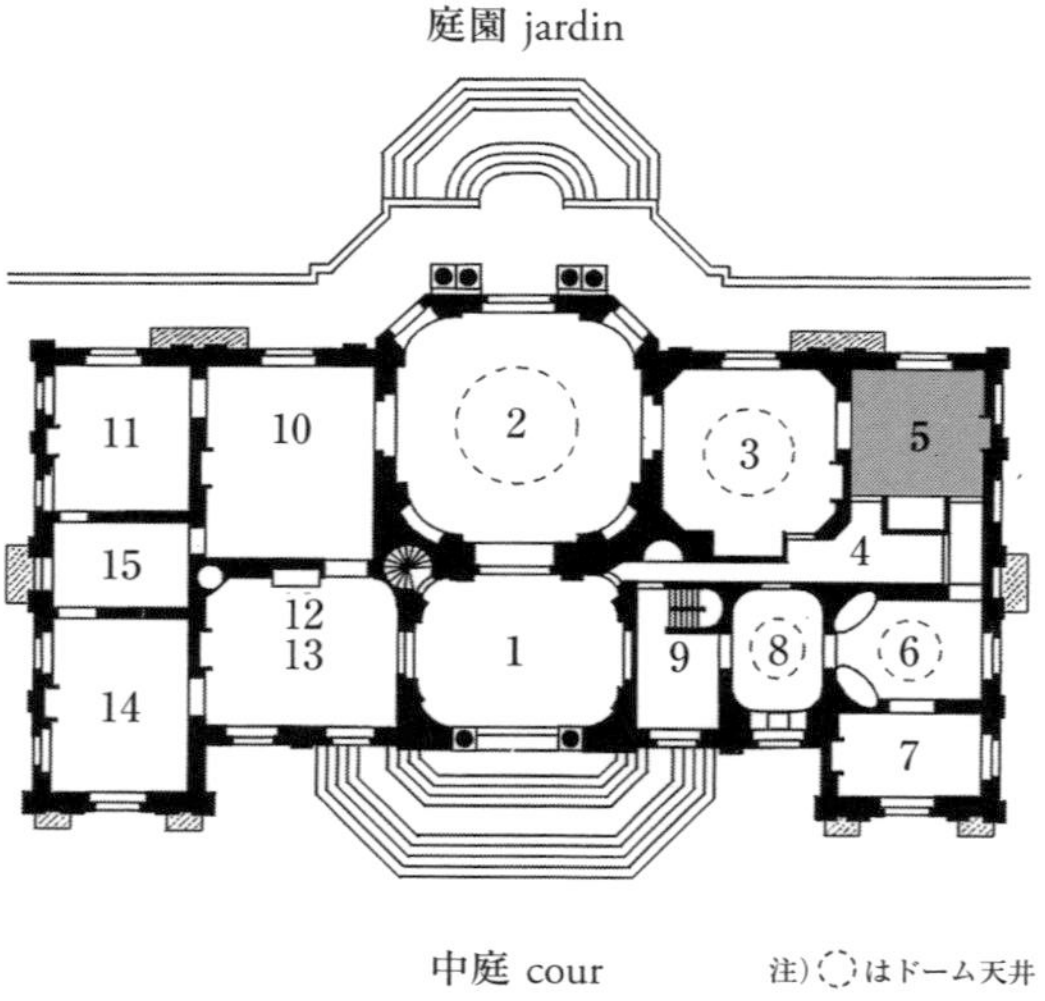

(1)風除室 vestibule
(2)大広間 salon
(3)寝室 chambre à coucher
(4)回廊 corridor
(5)ブドワール（閨房）boudoir
(6)浴室 appartement de bains
(7)化粧室 cabinet de toilette
(8)トイレ cabinet d'aisances
(9)衣裳部屋 garde-robe
(10)娯楽室 cabinet de jeu
(11)珈琲室 cabinet
(12)ビュッフェ buffet
(13)食堂 salle à manger
(14)ブドワール（閨房）boudoir
(15)衣裳部屋 garde-robe

ブドワール（閨房）*Boudoir*

彼女は続く部屋に踏み込み、新たな危険に気づいた。その部屋は私室、ブドワール(18)である。そこが何かは、理性でも感覚でも同時に察知できるので、入室する者にあえて室名を告げる必要もない。すべての壁に鏡が嵌め込まれている。鏡の接合部は造作した木の幹で覆われ、彫刻が施された何本もの幹が集まって、絶妙に作られた木製の葉が付く。前後に互い違いになるように千鳥状に配された木々

(18) ブドワール
寝室の奥にある閨房で、親しいものだけが入れるプライベートルームをいう。一般には、女性用の私的な部屋である。

は花で埋め尽くされ、手前の幹に付いた燭台の蝋燭の炎が鏡の中で増幅し、新たな光をもたらす。部屋の奥には入念な気配りで薄布が張られ、透けた布が腰元で少し束ねられている。視覚的効果と相まって、まるで輝く自然の木立の中にいるかのような不思議な世界を、芸術の力で作り出している。ニッチには、大きなオットマン[19]が設置されている。この家具は寝椅子の一種で、寄せ木張りのローズウッドの床に置かれ、緑色の混ざった金の房飾りで豪華に飾られ、大小様々な形のクッションが備えられている。ニッチの周囲も天井も鏡で覆われ、木工細工や彫刻は多様な形だけれども調和するように、一色一色上手く彩色されている。色はダンドリヨン[vi]が開発した香りのする塗料で塗られたもので、ヴァイオレット、ジャスミン、バラの芳香が漂う。装飾はすべて厚みのない隔壁に施され、その壁の向こうを取り囲む広めの回廊[20]には、音楽家を侯爵が待機させていた。

(19) オットマン
もともとオスマン帝国を意味する言葉から派生した言葉で、三面を囲むようにデザインされたはめ込み式の大型の台をいう。この時代に流行したエキゾチックな家具である。

(20) 回廊
裏動線で、使用人が使うように考えられているが、館の住人も抜け道として使う。

メリットは恍惚に浸っていた。しばらくの間、ブドワールを歩きまわり、黙っていたけれども何も考えていなかったわけではない。心では密かに「芸術家のありとあらゆる才能を使ってこうした感情を表すなんて、愛情なんてわかっていない癖に」と、男たちに対する不満をつぶやいていた。このことについては、冷静に考えを巡らせていた。だがしかし、それは言うなれば、頭で考えられなくなって心の奥底に追いやった秘密のようなもので、すぐに消えてしまいそうだった。トレミクールは鋭い眼差しで彼女の疑念を捜し出し、吐息で取り除いた。そこにいるのは、二心ある怪物と非難すべき、そんな男ではなかった。彼女が彼を変えたのだ。愛の神以上のことを彼女は成していた。彼も黙っていたが、その眼差しは誓いだった。だが、メリットはその誠実さを疑っていた。少なくとも、トレミクールが体裁よく取り繕うのが上手いことを知っていたので、この魅惑的な場所で女を虜にする危険な計略にまんまと嵌まってしまったと感じとっていた。この罠から逃れようと、彼から少し離れ、髪にピンを留め直す振りをして、鏡の一つに近づいた。トレミクールは、反対側の鏡の前に身を置いた。すると、鏡への映り込みによって、視線を遮ることなく、より愛情を込めて彼女を見つめ直すことができた。これは、メリットが自分自身で仕掛けてしまった罠だった。この状態から抜け出したいと考え、トレミクールにふざけてみることでそれが可能だと思い、再び喋りだした。

「なんですか！　私を見るのをやめてください。もういい加減耐えられないわ」と、メリットが言った。

彼は駆け寄った。

「私をそこまで嫌悪しているのかい。なんと侯爵夫人、それは少々不当だよ。嫌われていることがわかっている哀れな男に、そこまで言うとは……」と訴えた。

「あら、随分と慎ましくていらっしゃいますこと！」と、彼女は叫んだ。

「ああ、慎ましく哀れだ」彼は続けた。「感じることで不安になり、その不安がさらに心配につながる。あなたを愛しているから、余計に安心できない」

メリットはさらに茶化そうとしたが、うまく気持ちを隠せなくて、作り笑いをした。トレミクールはメリットの手を取っていたけれども、彼女は手を引っ込めないでいる。そこで、少しだけなら強く握りしめられると、彼は思った。だが「私の手を潰すおつもりなの」と、メリットは痛がった。

「マダム、どうかお許しください。そんなに容易《たやす》くは痛めないと思いましたので」トレミクールは、まるで絶望したかのような素振りで言った。

彼の取った態度で、メリットは悪ふざけする気をなくした。この時だと、トレミクールが合図を送ったその瞬間、回廊にいる楽団が、素晴らしいメロディーを聴かせた。その演奏に彼女は戸惑い、危険を感じて少ししか聞いていられず、耐えられなくなったその場所から遠ざかりたくて、自ら新しい部屋に足を踏み入れた。

そこは、これまで見た何処よりも甘美な部屋だ。トレミクールは、メリットの陶酔につけ込んで、気づかれないように扉を閉め、音楽を強制的に聞かせることもできた。だが、望んでいたのは、あくまで彼女が喜びから進み行き、この建物の魅力によって賭けに勝ち進むことだった。

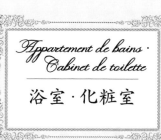

Appartement de bains · Cabinet de toilette

浴室·化粧室

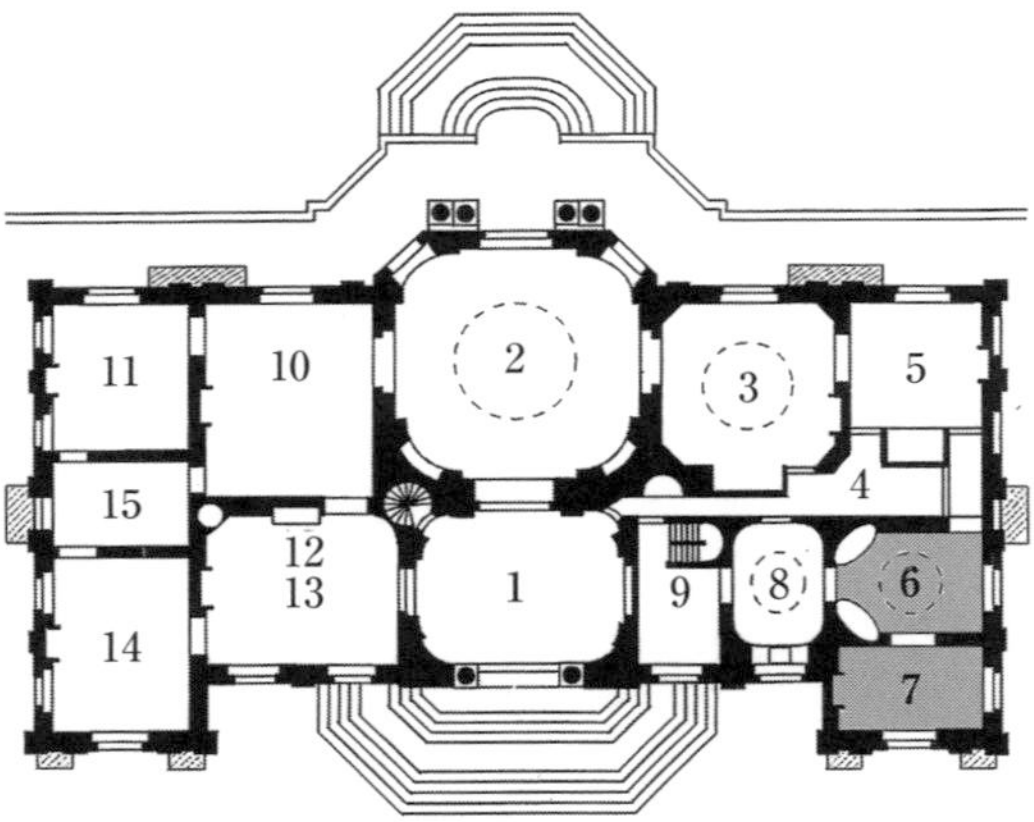

⑴風除室 vestibule
⑵大広間 salon
⑶寝室 chambre à coucher
⑷回廊 corridor
⑸ブドワール（閨房）boudoir
⑹浴室 appartement de bains
⑺化粧室 cabinet de toilette
⑻トイレ cabinet d'aisances
⑼衣裳部屋 garde-robe
⑽娯楽室 cabinet de jeu
⑾珈琲室 cabinet
⑿ビュッフェ buffet
⒀食堂 salle à manger
⒁ブドワール（閨房）boudoir
⒂衣裳部屋 garde-robe

浴室・化粧室 Appartement de bains・Cabinet de toilette

新しい部屋は浴室(21)だった。大理石、陶器、モスリンと、そこに抜かりはなかった。木製パネルの仕上げはジローviiのデザインで、ペローviiiの手によるアラベスク文様で埋め尽くされ、研ぎ澄まされたセンスで、壁パネルに繰り返されている。カフィエリixによるブロンズ製の海辺の植物が伸びて、パゴダや水晶、貝殻が巧みに絡み合って、広間を飾っている。ここには二つのニッチがあり、一つには浴槽、

(21) 浴室
上流階級の浴室には浴槽だけではなく休息用ベッドがあり、エキゾチックな雰囲気を楽しんだ。また、カフィエリは各国の上流階級の銀細工の備品で化粧室などを飾った人物として知られる。

もう一つには寝台がある。寝台は、刺繍が施されたインド製のモスリン織で、チェーンの房で縁取られている。

隣に化粧室があり、その仕上げにはユエ[x]の絵が描かれている。フルーツや花や異国の鳥が描写され、花飾りとメダイヨン(22)が挿入されている。メダイヨンの中にはブーシェ[xi]の単彩画(23)が描かれているが、戸口上部と同様の可愛いらしい愛を主題としたものだ。ジェルマン[xii]による銀の洗面具も忘れてはいけない。生花が、金彩の際立つ青い大きな陶器の幾つかを埋め尽くしている。布類を入れる家具も同じ青色で、家具の木部は、マルタン[xiii]によってアベンチュリン・ガラス(24)で装飾され、浴室も化粧室も、妖精さえ魅了するほどの仕上がりである。浴室は、上品な輪郭のコーニス(25)によって上部が仕上げられ、逆釣鐘状に張り出した金塗装の彫刻部分を支え、それはドーム天井の縁取りになっている。この天上は通常より低いタイプで、そこに

(22) メダイヨン
円形に縁取られた浮き彫り彫刻。

(23) 単彩画
グリザイユと言われる単色の濃淡で描かれた絵画のことをいう。円形レリーフであるメダイヨンの中に描かれ、装飾的に用いられた。

(24) アベンチュリン・ガラス
金属の入ったきらめきのある色ガラス。

(25) コーニス
壁の上部につく水平に重なる枠装飾で、天井との境にある。

バシュリエ[xiv]が描いた花に金のモザイクが散りばめられている。

メリットはあまりの素晴らしさに耐えられないでいた。いわば驚きで息苦しく感じ、立っていられなくなって座った。

「もう、耐えられません。あまりに美しすぎます。この世に比べられるものなど、ありませんわ」

その声音から、動揺を隠していることが分かった。トレミクールは、彼女の気持ちが揺らいでいると感じた。だがしかし、そこは心得たものだ。もう真剣に話すのはやめようと決めたものの、彼女の心がまだ変わりそうなので、少しくだけて話すにとどめた。

「あなたは信じないだろうが、何事も断言すべきではないだろうね。

すべてがあなたを魅了すると分かっていたけれども、女性というものは、信用しようとしないのが常だからね」と、彼は言う。
「あら、私はもはや疑ってはいませんわ。これらすべてが申し分なく、私を魅了していると認めますわ」メリットは返答した。

トレミクールは、自然なかたちで彼女に近づいた。

「さあ、これこそプチット・メゾンの名に相応しいと認めたまえ。私のことを、愛を感じない男と非難しても、愛に溢れたこれほどたくさんのものが私の想像力の産物だということだけは、認めざるを得ないだろう。愛を感じるものを創り出す思考力と何も感じない心を同時に持つことが、一人の人間に一体どうしてできるのだろうかと、もう分からなくなっているのではないかい。私は、そう確信した。そう考えてはいないかい」彼は言った。

「ある意味では、そうかもしれませんね」メリットは笑いながら答えた。

「やはり！」トレミクールは言った。「あなたは私のことを誤解している。自分が利するわけでもないけれども、今はそのことについて話そう。私を冷たい人間だと思っているようだが、あなたが考えているその何百倍もの思いやりがあるからこそ、話すのだ。あなたの心に私が響くことはないだろう。だが、私は誰よりも愛し、変わらぬ愛を持てる。我ら貴族特有の言葉や友、家、生活は、軽率で不誠実な雰囲気を与える。そして、そうした外見で、あなたのような理性ある女性は私たちを判断する。我々自身も、故意にそうした評判の原因を作っている。というのも、浮気っぽく気障《きざ》な雰囲気というものが、我々の身分を示す一般的先入観となって、それを受け入れなければいけないからだ。だが、信じてほしい。移り気や快楽が、いつも我々を突き動かしているわけではないんだ。心をとらえて、正気に戻してくれる存在というものがある。そしてその存在なるものに出会ったとき、誰よりも愛を感じ、揺るぎないものになる……だが、あなたは上の空だね。何を考えているんだい」

「あの音楽です。逃れようと思いましたが、遠くからだと、より心に響くのです」彼女が答えた。

（なんと、本心を語ってしまいました！）

「あなたを追いかけているのは、愛だよ。しかし、愛はあなたをよく知らない。だから間もなく、あの音楽は雑音にすぎなくなるだろうね」トレミクールが言った。

「確かにそうですわ。本当に、今はもう煩わしい音……外に出ましょう。お庭が見たいわ」彼女が答えた。

トレミクールは再び従った。その従順は、メリットのためというわけではなかった。彼女の告白、そして彼女が示した好意的な態度によって、どう駆け引きしようかと、求愛者としてためらった結果である。そして、浴室と居室とに通じる次の部屋は、通りがかりに見せるだけにした。

Cabinet d'aisances · Garde-robe

トイレ・衣裳部屋

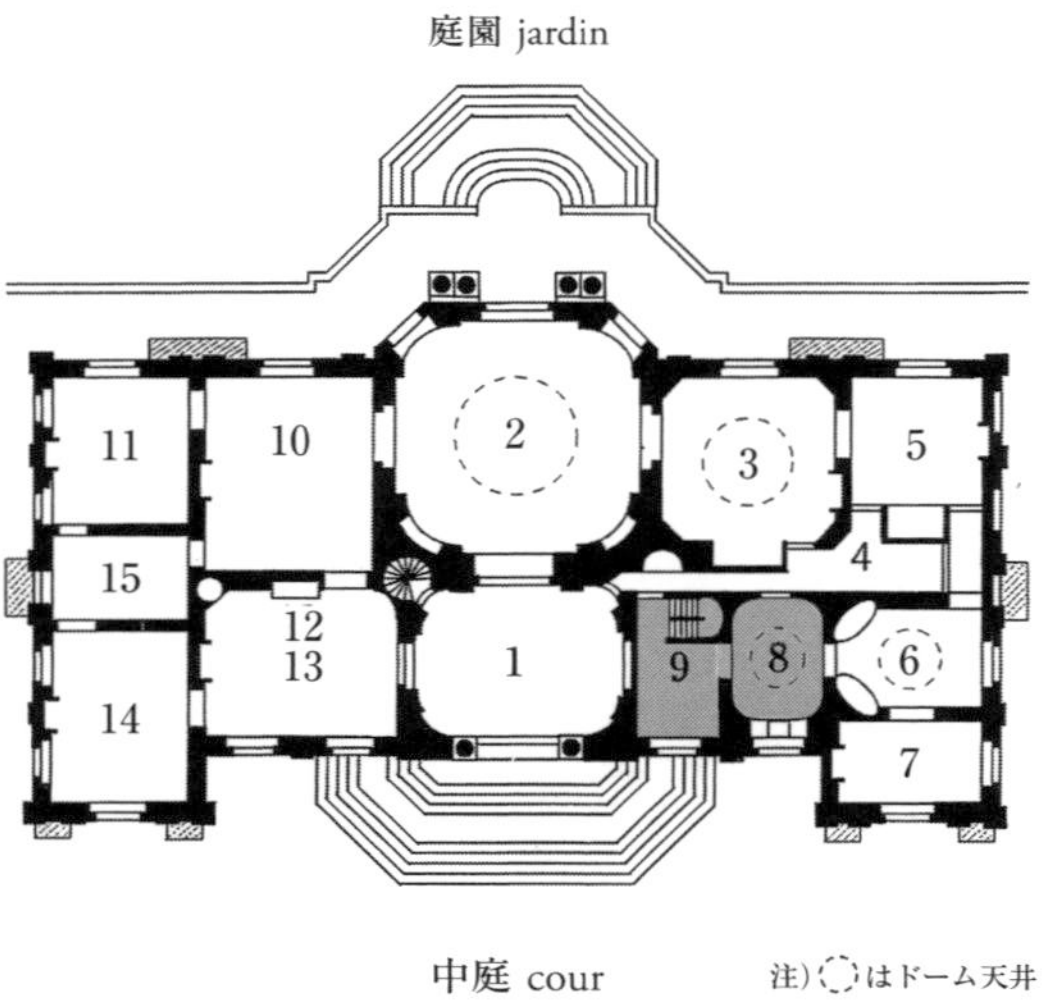

(1)風除室 vestibule
(2)大広間 salon
(3)寝室 chambre à coucher
(4)回廊 corridor
(5)ブドワール（閨房）boudoir
(6)浴室 appartement de bains
(7)化粧室 cabinet de toilette
(8)トイレ cabinet d'aisances
(9)衣裳部屋 garde-robe
(10)娯楽室 cabinet de jeu
(11)珈琲室 cabinet
(12)ビュッフェ buffet
(13)食堂 salle à manger
(14)ブドワール（閨房）boudoir
(15)衣裳部屋 garde-robe

トイレ・衣裳部屋
Cabinet d'aisances・Garde-robe

そこは大理石の便器のあるトイレで[26]、芳香を放つ寄木細工の蓋が付き、樹木のトンネル風のニッチの中に設置されている。部屋の壁のすべてがこうした並木を模していて、ドーム天井のカーブ部分で繋がり、天井中央には空の絵があって、幾多の鳥が見える。香りに満ちた水瓶や陶器は、脚台の上に趣味良く配置されている。戸棚は絵画で覆われて見えないが、中にはクリスタル製品や壷など、この

(26) トイレ
一見すると作り付けのベンチのような場所で、横に大きく広がった女性のスカートに配慮して、幅の広い腰掛け状になっているのが特徴である。ブロンデルの図書に、ビデ付きの水洗便所の図面や設備的な説明があり、図面からある程度の広さがあったことがわかる。物語ではトレミクールが案内していることから、そうした最新式のものと推定される。

部屋で使われるすべての道具が入っている。

次いで、彼らは衣裳部屋を横切った。そこには、隠し部屋である中二階へと続く階段室が隠れている。衣裳部屋からは風除室にも通じる通路があって、メリットと侯爵は、再び大広間へと立ち戻った。

Jardin

庭園

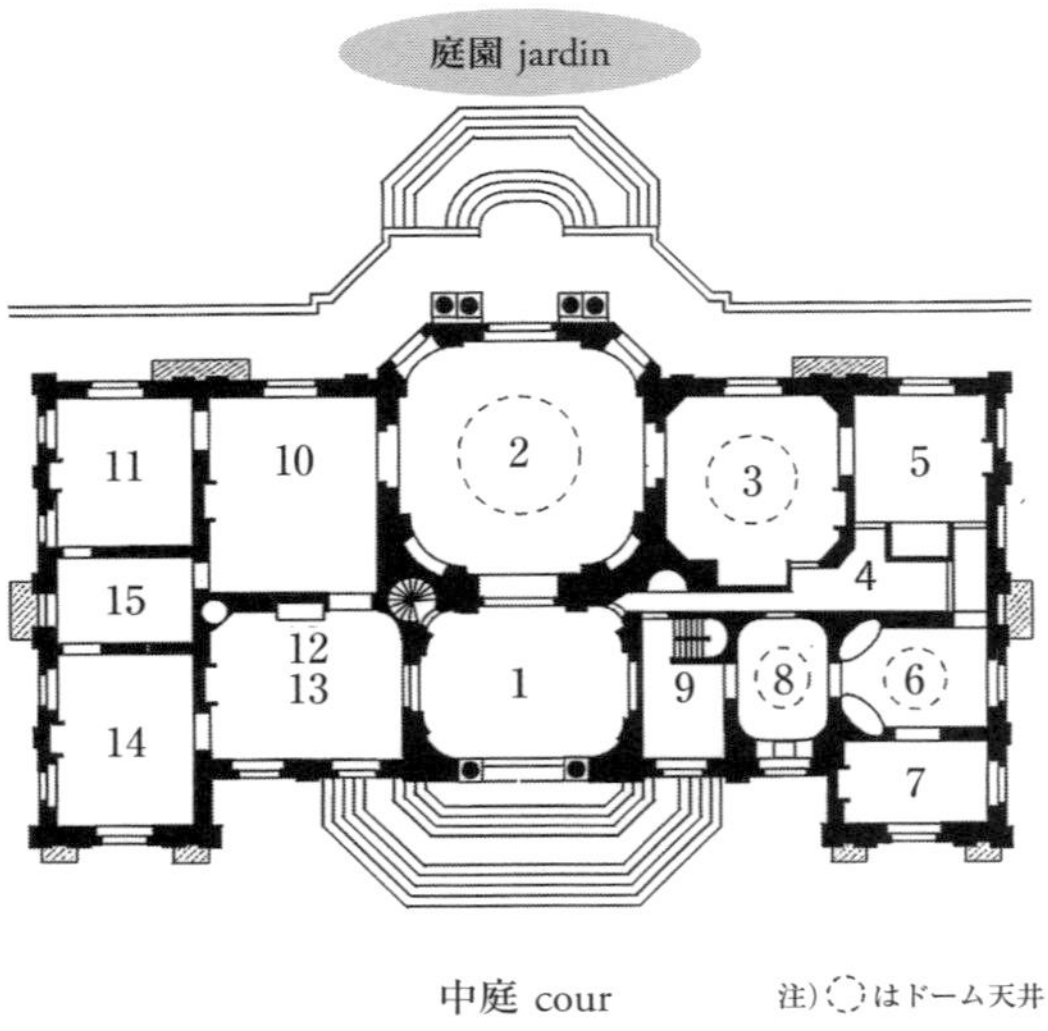

(1)風除室 vestibule
(2)大広間 salon
(3)寝室 chambre à coucher
(4)回廊 corridor
(5)ブドワール（閨房）boudoir
(6)浴室 appartement de bains
(7)化粧室 cabinet de toilette
(8)トイレ cabinet d'aisances
(9)衣裳部屋 garde-robe
(10)娯楽室 cabinet de jeu
(11)珈琲室 cabinet
(12)ビュッフェ buffet
(13)食堂 salle à manger
(14)ブドワール（閨房）boudoir
(15)衣裳部屋 garde-robe

庭園 Jardin

トレミクールが、庭への扉を開けた。庭を見たメリットのなんと驚いたことか。劇場のように壇状に作られた庭園が、二千ものカンテラの光で明るく照らされていたのだ。日暮れでも草木の緑の美しさは変わらなかったが、灯りが植物に新たな輝きを与えていた。また、たくさんの噴水と水の層の多様な広がりが、巧みに近づいては煌めきを反射していた。この企画責任者であるトランブラン[XV]は、光に段階的な変化をつけていて、建物正面には鉢を、遠方には大小いろいろな大きさのカンテラだけを配置していた。大きな並木道の端には光が透けるパネルが置かれ、そこに映し出される変化する影絵の様子に惹きつけられてしまう。メリットは魅せられて、暫くのあいだ感嘆の歓声を上げることもできずにいた。どこからか、牧歌的な音色の楽器が奏でるファンファーレが聞こえ、少し離れたところから、英雄的牧歌劇(27)『イセ』のアリエッタを歌う女性の声が聞こえた。あちらでは、魅惑的な洞窟で水が激しく飛び散り、こちらでは滝が流れ、うっとりとさせるせせらぎを作っている。多種の木立の中には、楽しみや愛のための娯楽装置がいろいろと、数えきれないほど用意されている。例えば、まばゆい緑の広場は屋外劇場で、ダンス用もあれば音楽会用もある。さらに、色とりどりの花壇に芝地や芝生の階段があり、ブロンズの壷や大理石の人物像が境界を示す

(27) 英雄的牧歌劇
フランスのバロックオペラの一ジャンルで、古典的テーマに基づいた牧歌的な情景を描いた3幕ものである。『イセ』はルイ14世が賞賛した曲として、知られる。また、アリエッタとは、独唱曲アリアの短いものを指す。

ように、各庭の交点に置かれている。大きく広がりのある光は、小さくも暗くもなり、庭の景色は無限に変化していた。

トレミクールは、いかなる企ても見せないように、これまで同様に熱意を隠したまま、曲がりくねった並木道に案内し、何か起きるのではないかと、メリットに恐怖心を抱かせた。そこは急な曲がり道で、実際のところ、もはや暗闇しか見えない。冷静な時ならば入るのを恐れなかっただろうが、彼への秘めた気持ちからもはやすべてが怖かった。怯えている様子だったが、いきなり聞こえたドンと響く炸裂音によって、激しい恐怖が倍増した。トレミクールは、どのような時も女の恐怖心が男に有利に働くのを心得ていたので、腕に彼女を迎え入れ、その動作に応じて素早く抱きしめた。同時に、彼女も素早く身をかわそうとしたけれども、その時トレミクールの瞳に花火の閃光が現れ、最高に和らいだ素直な愛が瞳に浮かんだので、しばらく動けずにいた。つまり、ほろりとしたのだ。それは一瞬ではない。もし、彼を憎いと思ったなら、その腕から身を離すのに充分な時間だった。だから、彼女はためらっていたのでなく腕から身を離すのを忘れているのだと、トレミクールには分かった。この美しい花火は、カール・ルジェリ[xvi]によって準備されたものだ。花火には植え込みの噴水が混ざって何色もが透け、花火と水の饗宴が見事な状景を作っていた。

　これらすべての光景、すべての驚嘆すべきものが、魅力ある男にとてつもない魅力をさらに付け加えていた。つまり、彼の愛に満ちた眼差しや情熱的な吐息が、これら自然と芸術からなる夢のような出来事に、見事に調和していた。すっかり感動していたメリットは、心の奥底で、ご神託に耳を傾けざるを得なかった。説得力のある運命の声が聞こえていたのだ。再び敗北の判決を聞いて、困惑にとらわれた。愛でる気持ちよりも困惑が勝り、その場から逃げ出したかった。

「行きましょう。見て、素敵ね。でも行かなければならないの。私、約束があるから……」彼女は言った。

トレミクールは、ここで対立する必要はないとわきまえていた。欺けると信じて疑わなかったからで、これまで譲歩することで何回も上手くいっていた。彼はもう少し留まるように軽く慰留したが、彼女は嫌がって、急ぎ足で歩きだした。でもその声は動揺し、言葉は長く続かず、短い言葉だけを幾つも発して、帰ろうとしている理由を探しながら逃げ出していた。

「私としては、せめて一目でよいので、大広間の左翼側の部屋も見ていただきたいのです……」彼が言った。

「これまで見たものより美しいものなど、もうないでしょう。早く帰らないといけませんので」と、彼女は言った。

「全く別のスタイルだよ。あなたは、もう二度とここには来られないだろうから、見てもらえれば嬉しいのだが……」彼は答えた。

「いえ、ご容赦ください。あなたがどのようなものか説明してくだされば、見たことと同じでしょう」と、彼女が言った。

「それでもいいが……」彼は続けた。「しかし、もう、ここまで来たのだよ。時間はかからない。さほど急ぐ必要もないだろう……それに、あなたはすべてを見ると私に約束したわけだから。私が間違っていなければだが、この向こう見ずな企てに正当な方法では勝てなかったと、後から自責の念にかられるんじゃないかい」

「それじゃあ見なければ！　参りましょう、ムッシュ。確かに、あなたは半分しか負けていないと自慢できそうですもの……」彼女は言った。

Cabinet de jeu · Cabinet

娯楽室・珈琲室

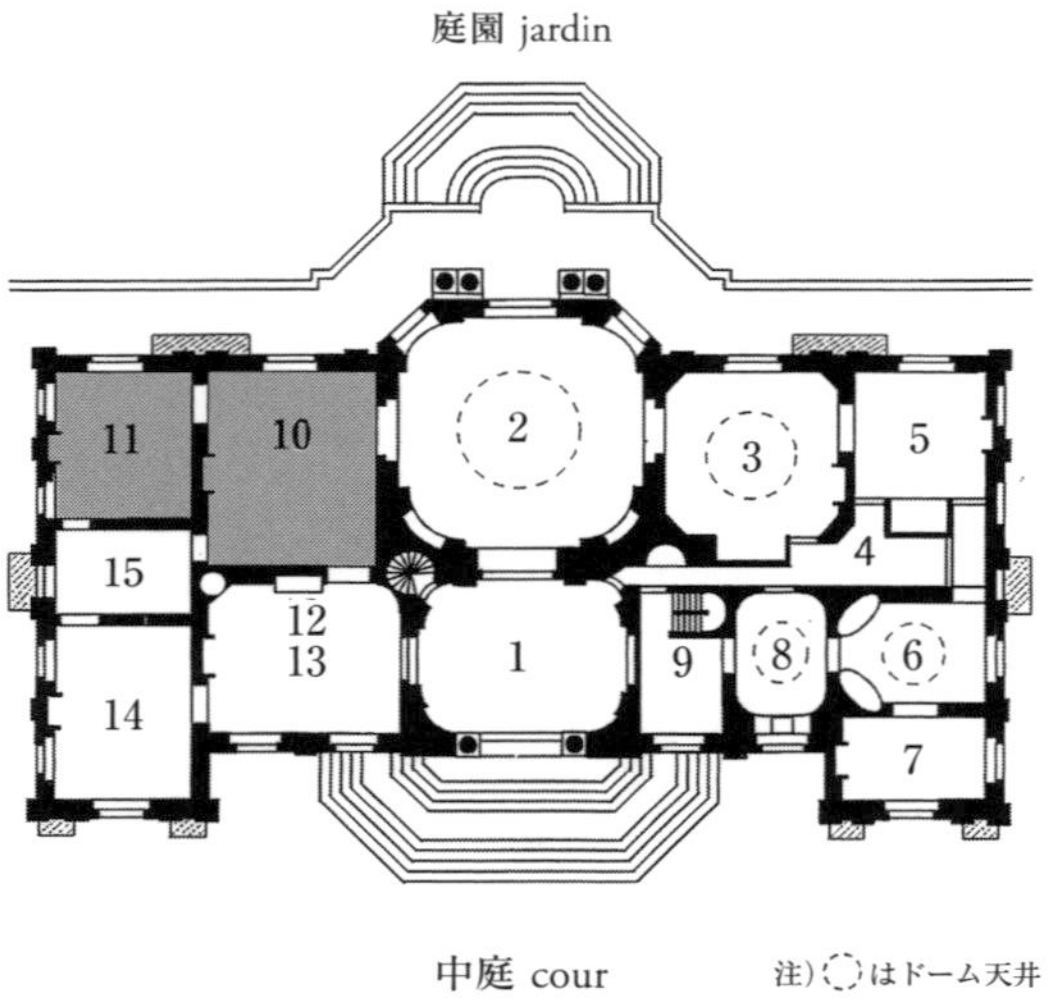

(1)風除室 vestibule
(2)大広間 salon
(3)寝室 chambre à coucher
(4)回廊 corridor
(5)ブドワール（閨房）boudoir
(6)浴室 appartement de bains
(7)化粧室 cabinet de toilette
(8)トイレ cabinet d'aisances
(9)衣裳部屋 garde-robe
(10)娯楽室 cabinet de jeu
(11)珈琲室 cabinet
(12)ビュッフェ buffet
(13)食堂 salle à manger
(14)ブドワール（閨房）boudoir
(15)衣裳部屋 garde-robe

娯楽室・珈琲室 *Cabinet de jeu · Cabinet*

二人は大広間に戻っていた。トレミクールが扉の一つを開けると、メリットは自ら進んで娯楽室[28]へと入った。その部屋は庭園に面し、窓は開いていた。彼女は、ちらりと部屋に眼をやってから窓に近づき、無理に逃れてきたばかりの場所を、眺めていた。おそらくは、喜びとともに。

(28) 娯楽室 カード遊びなどを楽しむ場所。

「とても気持ちのいい眺めだと、お認めなさい。ほら、あそこが先ほどまで私たちがいたところだよ」と、彼は意地悪く言った。

その言葉が、彼女を夢心地にした。

「理解できないな。どうしてもっと長く庭に留まらなかったんだい。あそこに行った女性は皆、出られなくなってしまうのに」彼は言った。

「それは、私と違って、薄暗がりから出られなくなる別の理由があったからでしょうね」と、メリットが答えた。

「あなたに別の目的があるのは、わかっているよ。でも、この部屋では木立での振る舞いよりも、もっと敬意を払ってゆっくり見てくださいますように」彼が言った。

そこで、彼女は窓から離れた。振り返るとすぐに驚嘆して、部屋を注視し始めた。そこは、最高級の美しい漆が塗られた中国風の部屋(29)である。家具も同じく漆塗りで、刺繍されたインド製の高級布で覆われている。枝付き燭台は水晶製で、マイセン焼(30)や日本製のとびきり美しい陶器(31)で飾られ、金メッキされた持ち送り台の上に巧みに配置されていた。

メリットは、幾つかの陶器の人形を見つめた。侯爵は、それらを受け取ってほしいと懇願した。彼女は断ったけれども、男性が贈りものをした時の喜びを残すような言い方で、丁重に断った。トレミクールは、ここでくどくど言うべきではないと思った。そして、自分を好きになると賭けをしたその日に、贈りものを受け取ってほし

(29) 漆塗りの部屋
当時は「シノワズリ」という中国風の部屋が、流行していた。小説では、中国や日本製の陶器の置物が置かれている様子が描かれている。

(30) マイセン焼
ドイツの白磁の焼き物で、ヨーロッパでは当時、最も美しい焼き物と言われていた。

(31) 日本製の陶器
染付の素地に赤、金などを多用した絵付を施した古伊万里の焼き物が、オランダを通じてヨーロッパに輸入されていた。

いなどと執拗な態度をとるべきではない、とわきまえていることを知らせようとした。

部屋には二、三の戸口があった。一つは、可愛い小部屋に続いているが、そこは右翼のブドワールと対の位置に当たる。もう一つは、ビュッフェ[(32)]が先導する食堂に続いていて、さらに玄関の風除室につながる。小部屋の方は珈琲を飲むために用意されたもの[(33)]だが、この家の他より装飾がなおざりにされているというわけではない。木製パネルは青緑色に塗装され、金色の際立った絵柄が散りばめられていた。あちこちに、イタリアの花々で溢れた花籠が置かれ、家具にはチェーン刺繍が施されたモアレ布が使われている。

メリットは、少しずつ夢中になり、椅子に座って質問をしていた。自分の見てきたすべての物を初めから回想して、価格や芸術家、職

(32)　ビュッフェ
料理を飾り付ける棚あるいは立食スタイルを指すこともあるが、ここでは料理を取り分けるための台を指していると思われる。

(33)　珈琲室
原書にはキャビネ（cabinet）とあるが、珈琲を飲むための専用室だと思われる。国王ルイ15世は自分で淹れるほどの珈琲愛好者で、当時は健康に良い飲み物と考えられ流行し、専用室も作られた。

人の名前を尋ねていた。トレミクールは、その質問すべてに答え、特に気にしている気配はなかった。彼女は賞賛し、趣味の良さと豪勢さを褒めたてた。それに対して彼は礼を言い、まるで何も怪しいところのない男のようだった。トレミクールの策略は上手く隠されていたので、メリットは少しずつ夢中になって、彼の才能や趣味の面だけしか、もう考えられなくなっていた。実際、彼女はプチット・メゾンにいることを忘れて、そこに一人の男と一緒にいる。彼は女を虜にできるかどうかをこの場所で賭けているのだが、その同じものを彼女はほとんど警戒しないで眺め、甚《いた》く素直に褒めているのだ。トレミクールは、恍惚の一瞬を利用して、この部屋から彼女を出そうとした。

「これらすべては、本当にとても美しい。それはそうだが、あなたに見せるものが、まだ残っている。見たら、より一層驚くだろうよ」

と、彼女に言った。

「それは信じ難いですわ。ですが、これまで順を追って見てきましたので、まだあるのならすべてを見ましょう」彼女は答えた。

（ここで安心したのも自然なことでしょうが、美に対して無知な人や無関心な人なら、すべてが落とし穴だと疑うことでしょう）

Salle à manger

食堂

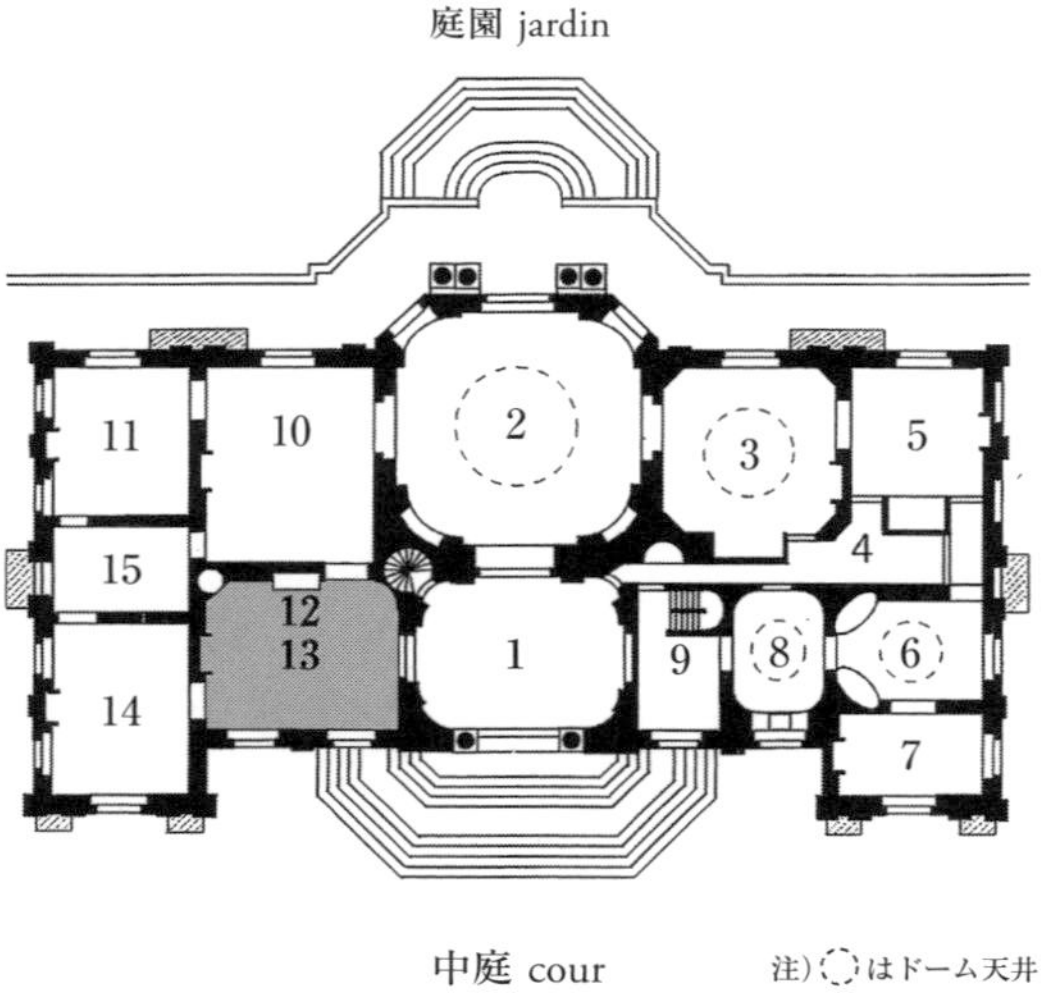

(1)風除室 vestibule
(2)大広間 salon
(3)寝室 chambre à coucher
(4)回廊 corridor
(5)ブドワール（閨房）boudoir
(6)浴室 appartement de bains
(7)化粧室 cabinet de toilette
(8)トイレ cabinet d'aisances
(9)衣裳部屋 garde-robe
(10)娯楽室 cabinet de jeu
(11)珈琲室 cabinet
(12)ビュッフェ buffet
(13)食堂 salle à manger
(14)ブドワール（閨房）boudoir
(15)衣裳部屋 garde-robe

食堂 Salle à manger

メリットは椅子から立ち上がり、次の部屋へとトレミクールに従った。案内されたのは、食堂だった。彼女は、夜食が用意されているのを見て驚き、戸口で立ち止まった。

「一体、これはどういうことですの。もう退出しなければならないと言ったのに」彼女は大声で叫んだ。

「そうはおっしゃったが、そう命じたわけではないだろう。それに、もう時刻も遅い。あなたはお疲れだろうし、どちらにしても食事はとらなければならないのだから、どうかここで食べていっておくれ。今なら、ご覧のようにほとんど気兼ねせずに食事ができるから」トレミクールは答えた。

「それで一体、召使いたちはどこなの。この不思議な雰囲気はなぜ」彼女は聞いた。

「ここに彼らは入って来ないよ。今日は排除した方が良いだろうと考えたのだ。おしゃべりだからね、あなたの評判を落としてはいけないと、ずい分気遣って……」彼は答えた。

「気遣うとは奇妙だわ」と、彼女は続けて言った。「どう思われようと平気ですし、見られるのが心配だなんて、思いもしませんでしたわ」

トレミクールは、彼女が矛盾に気づいているのを感じた。

「確かにあなたのおっしゃることの方が理屈にあっている。最善を追求してしたことが、意に反することになってしまったね。悪いが、召使いは帰ってしまった。もはや打つ手はないんだよ」と、彼は言った。

偽りが逆説に続き、欺いていることは明白だった。しかし人は動揺している時、気づくべきことに気づかないことがよくあるものだ。メリットもそれ以上、くどくは言わなかった。回転戸棚(34)を眺めて、放心して座った。それは、この広間の壁の一画に据えられていて、トレミクールが合図をすると食事が上がってくる仕掛けである。

(34) 回転戸棚　食事が地階から上がってくるリフトである。

彼女はほとんど食べなかったし、水しか飲もうとしなかった。ぼんやり夢見がちで、悲しくなっていた。もはや歓喜は終わり、驚きはなくなり、感動も収まり始めていた。つまり、今や感動を引き起こした対象よりも、自分の状態そのものにとらわれていたのだ。トレミクールは、メリットの無言の状態に元気づけられ、機知に富んだ話をしていた。

（女が混乱すると、男がリードするようになります）

彼女は微笑むだけで、答えなかった。トレミクールはデザートの時を待っていた。その瞬間、テーブルが地下にある厨房へと落ちた。[35] その時、上階から別のテーブルが降りてきて、一階の床に瞬間的にできた開口部を塞いだのを、メリットは見た。開口部分は金箔を

(35) 食堂のテーブル（フライングテーブル）
床下まで上下する機械仕掛けのフライングテーブルである。ニュネヴィル城の食卓（1706）やショワジー城の別

張った鉄の柵で囲われていたけれども、その驚くべき出来事が信じ難かった。これがきっかけとなって、メリットは少しずつ、この称賛すべき部屋の美しさや装飾を注視する気になった。無限なほど多彩な色合いのスタッコ(36)で塗られた壁を見たが、これは有名なクレリッチ[xvii]によって施されたものである。壁のパネルは同じくスタッコで浮き彫りをした高名なファルコネ[xviii]の彫刻で、酒宴の神コーモスや酒神バッカスの宴を表していた。装飾柱は、ヴァッセ[xix]の武具飾りで装飾されていて、狩猟や漁、食卓の喜び、愛の快楽などを示している。

（十二本の柱には、六本の枝付き燭台が載った大燭台が突き出ていて、点灯されれば、眩しくこの場を照らし出すことでしょう）

棟のテーブル（1753）などが知られている。これらは、地下にテーブルが下りて新たなテーブルが盛り付けられて地下から上がってくるという仕掛けだが、本書では天井から落ちてくるという描写である。召使いのいないプライベートな空間を作るために考案されたことが、確認できる。

(36)　スタッコ
　石灰と砂に水を混ぜた「化粧しっくい」を言い、内外装に多用された。彫刻を施した装飾仕上げに適し、顔料を加えて着色する。

メリットは、感嘆したけれどもちらりとしか見ずに、すぐに皿に視線を戻し、トレミクールの方はほとんど見ず、ほとんど喋らないでいた。しかし、トレミクールは彼女を見つめ続け、眼よりも心を読んでいた。彼の甘美な思いは、自身の心の動揺を引き起こしていた。それは、声の興奮から分かる。そんな彼をほとんど見ずに、メリットはその声を聞いていた。落ち着きのない声が作り出す印象が、彼を見つめるようにと促す。幾多の愛を声が表現している。愛が初めて、その姿を彼女の前に現したのだ。今まで言い寄られたことがなかったわけではないが。

(それどころか、何度も言い寄られていました)

しかし、心遣いや熱意というものは、相手に気に入られなければ、愛にはならない。しかも、この心遣いや熱意は下心の証でもあり、分別ある女性はすぐにこれを警戒するのが常である。彼女をここで惹きつけるもの、それは幾多の優しさを表しながらも、トレミクールが何もしないでいることである。抵抗しなければならないようなものは、何もなかった。つまり、攻めるわけでもなく、彼女を崇め、そして静かにしていた。メリットはすっかり夢見心地になり、トレミクールを見つめた。その眼差しがあまりに一途だったので、それがひとつの口火となった。すかさず「一曲歌ってほしい」と、トレミクールが頼んだ。彼女は魅力的な声の持ち主だったけれども、拒んだ。そこで、誘惑がまだ束の間でしかなかったことに気づき、彼はため息で不満を示すしかなかった。トレミクールは自分で歌うことにした。メリットが厳格なので、愛するがゆえに従わざるを得ないと、示したかった。そこで、言葉をもじって叙情悲劇『アルミード』[37]のキノーの有名な詞を歌った。

信じるのは間違いだった
勝利によって与えられた、空しい月桂樹
すべての財産よりも、最も貴重なもの
栄光が輝く、すべての輝き
それは、あなたの眼差しに値するだろうか

(ここには持ち合わせませんが、トレミクールの歌詞には、巧妙な表現で、移り気の撤回と永遠の愛の誓いが含まれていました)

メリットは心を動かされたようだけれども、表情を少し歪ませた。

(37) アルミード
イタリアで出版されたタッソーの叙事詩『解放されたエルサレム』(1581) の挿話で、劇作家フィリップ・キノーが書いたオペラである。フランスでは、1686年に歌劇として初演されて有名になり、1766年まで繰り返し上演された。物語は、ムスリムの魔女アルミードが、強敵である十字軍騎士ルノーを愛してしまったことに始まる。アルミードは魔法を使ってルノーを島へ連れ去り骨抜きにして、二人の仮初の愛の生活を送っていたが、やってきた十字軍の騎士によって魔力が解け、ルノーらはパレスチナに戻ってしまう、という筋書きである。トレミクールがメリットに向かって歌うのは第五幕、アルミードの館で、魔法にかけられたルノーが愛を告白する場面である。17～18

「あなたは疑っている。実際、私は分別もなく、この館に来てもらった。あなたは私を軽蔑するためだけにここに来たわけだが、それは正しいよ。確かに私の評判は悪いから。だから今、誓いの言葉によってあなたとの第一歩を始めるんだ！　けれども、私があなたを熱愛しているのは本当だよ。私にとってそれは辛くて、この苦しさが終わることは決してないだろう」トレミクールは言った。

メリットは答えたくなかった。しかし誠実だと感じ、何かをすべきだと思い、何かしてあげなければ彼が不幸になるだろうと思い、もう一度、優しく見つめた。

「私を信じたくないようだね。だけど同時に、完全に疑うことはできないでいるね。瞳は、あなた以上に公平で、少なくとも哀れみを

世紀に好まれた物語で、タピストリーや絵画の画材としても使われた。

示している……」と、彼は応えた。

「あなたを信じたいとき。それは一体可能なのでしょうか。私たちが今、何処にいるのかお忘れですね。この館は長い間、あなたの見せかけの情熱の舞台だったことを、お分かりなのですか。他の女性を何度も騙し成功するために、私にしたこの同じ誓いを使ったことを、分かっていらっしゃるのでしょうか」メリットは言った。

「そうだね。正にそのとおりだ。あなたに言ったことは他の人にも言ったのを思い出した。いつも上手くいったよ。でも、同じ表現を使いながらも、同じ言葉を話してはいない。愛の言葉はその響きにあるんだ。私の言葉使いは、いつもは真の思いとは裏腹に話していた。でも、もし今日、私を正当に評価してくれるならば、言葉は真の思いと一致するだろう」と彼は答えた。

メリットは立ち上がった。

（それはわざとではなく、人を欺く言葉を聞いて、分かったからです）

トレミクールは彼女の方に駆け寄った。

「何処に行くのですか。メリット、私の話くらい聞いてくれると思っていたのに。どれだけあなたに敬意を払ったか、考えてみてほしい……お座りください。何も恐れることはない。私の愛は保証する……」彼は感情を高ぶらせて言った。

「あなたの話など聞きたくないわ……私の好意は一体、どういうことになるのでしょう。あなたを愛したくないのは、お分かりでしょう。私はすべてに抵抗してきました。あなたを大層不幸にしてしまうことでしょうね……」彼女は歩みを進めて言った。

メリットが戸口を間違えても、もはやいつもの彼女とは違っていることが分かっていたので、制止しなかった。第二のブドワール（閨房）に入ろうとしていたのだ。彼女をそのまま行かせて、戸口の敷居の上に差しかかった時に、スカートの裾を靴で踏んだ。それを振りほどこうと振り返ったので、彼女には入ろうとする場所が見えなかった。

Boudoir

ブドワール（閨房《けいぼう》）

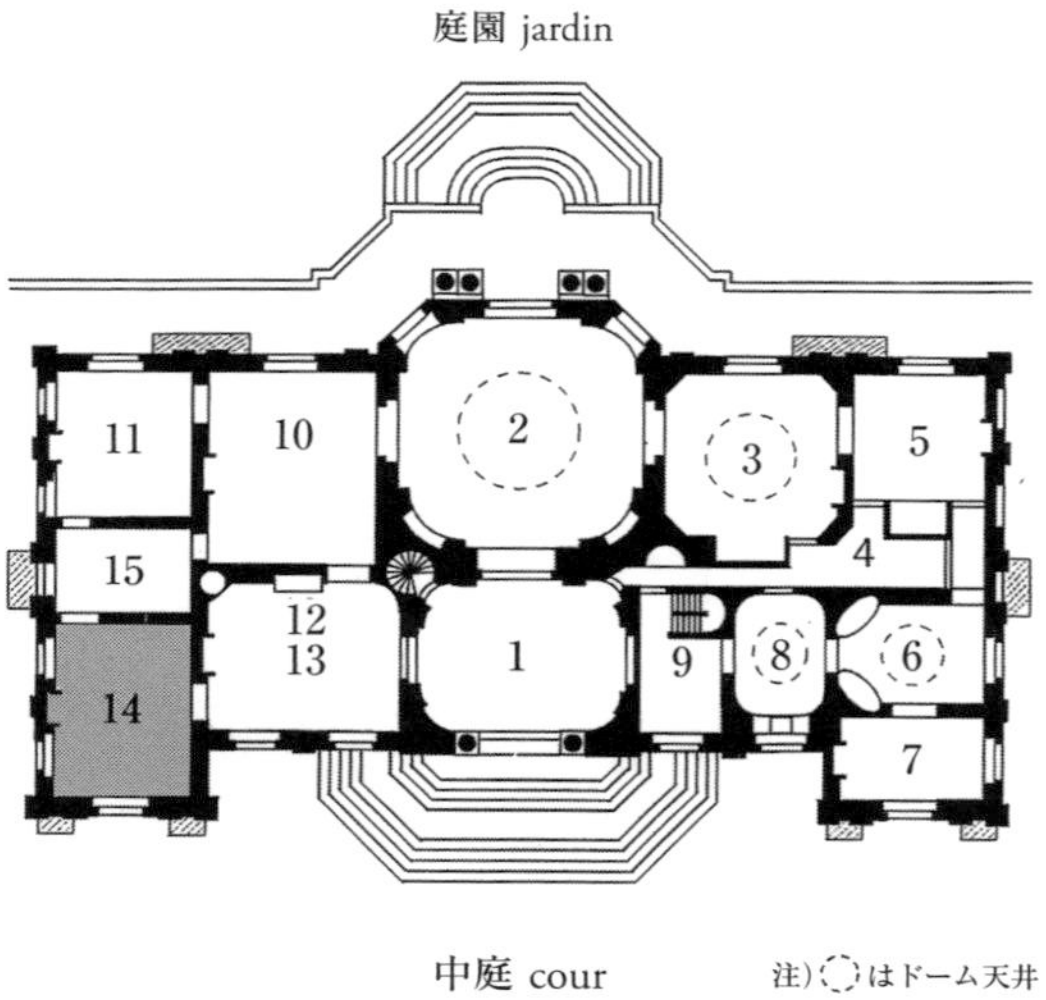

(1)風除室 vestibule
(2)大広間 salon
(3)寝室 chambre à coucher
(4)回廊 corridor
(5)ブドワール（閨房）boudoir
(6)浴室 appartement de bains
(7)化粧室 cabinet de toilette
(8)トイレ cabinet d'aisances
(9)衣裳部屋 garde-robe
(10)娯楽室 cabinet de jeu
(11)珈琲室 cabinet
(12)ビュッフェ buffet
(13)食堂 salle à manger
(14)ブドワール（閨房）boudoir
(15)衣裳部屋 garde-robe

ブドワール（閨房）Boudoir

その新しいブドワールには、可愛い衣裳部屋が隣接していた。壁には緑がかった厚みのあるインドシルクのグルグラン(38)が貼られ、素晴しいコシャン[xx]の図と、ルバ[xxi]、カール[xxii]による版画が、対象の位置に配されている。部屋は薄暗く、これら著名人の巧みな名作がかろうじて見える程度だった。オットマンやソファーや寝椅子が、惜しみなく置かれていた。すべてが魅惑的だったが、もはやメリットはそ

(38) グルグラン
密に織られた光沢のある縞文様の織物。当時、高貴な人の住まいで流行した。

れに気づくことはなかった。彼女は自分の過ちに気づいて、外に出たいと思った。だがしかし、トレミクールが戸口にいて通れないようにしている。

「あら、ムッシュー。あなたの意図は何なの。どうするおつもりですか」メリットは怯えて言った。

「あなたが恋しくて、苦しくてたまらない。偽りではない。私は今、新たな気持ちにある……愛が掴んで離さないんだ……メリット、話を聞いてくれないか……」

「いいえ、ムッシュー、私はここを立ち去りたいの。もっと離れて、お聞きしましょう」

「あなたに評価してほしい。私の敬意は愛と等しいということを分かってほしい。だから、出て行ってはいけない」トレミクールが答えた。

メリットは恐怖で震え、気を失いそうだった。そして、倒れるように安楽椅子に座り込んだ。トレミクールは、さっと跪《ひざまず》いて、そこで情熱のこもった簡潔な言葉で巧みに語り、吐息をつき、涙を流した。彼女はその言葉を聞きながら、共に吐息をもらしていた。

「メリット、私があなたを欺くことは決してない。あなたのおかげで、幸せを学び、この気持ちを守っていくことができる。あなたは常に、私の変わらぬ愛情と、この愛が生き生きと持続することに気づくことだろう……憐れんでくれ……分かるだろう……」

「よく分かりますわ。その告白にはすべてが含まれていますもの。私は馬鹿ではありませんし、決して嘘つきではありません……けれども私に何を求めておられるのですか。トレミクール、私は貞淑、そしてあなたは浮気者……」彼女は言った。

「ああ、かつてはそうだった。けれども、それは私が愛した女どものせいだ。彼女ら自身に愛がなかったから。ああメリット、私を愛してくれたら、その心が私に恋い焦がれてくれたなら、この愛の強さで、私が浮気者だなんて、決して信じないだろう。メリット、見てのとおり、聞いてのとおり、これが私の心すべてだよ……」

メリットは黙った。トレミクールはこの沈黙につけ込まなければいけないと思った。思いきって抱きしめ……彼女に静止された。だがその仕草は、願いを受け入れる時よりも愛情が籠っていた。

「やめて……私は混乱していますが、自分のすることはまだ分かっていますわ。あなたは勝てやしません……あなた、私に勝つに相応しいと分かるだけで十分でしょう。私に相応しくなさって……もし執拗になさるのなら、あなたを嫌いますわ」メリットが言った。

「執拗なら……ああ、メリットなんということを……」

「そのとおり、ムッシュ、あなた、何なさるの……」

「私が何をしているって……」

「トレミクール、やめて……私はいや……」

「冷酷な。私はあなたの足元で死ぬか、さもなければあなたを手に入れよう……」


脅しは凄まじく、事態はさらに酷くなった。メリットは身震いし、狼狽し、ため息をつき、そして、賭けに負けた。

註

＊ゴシック体表記は訳者追記

i **アレ**：Noël **Hallé**（1711-1781）
ブーシェ Boucher に続くフランス人画家の一人。寓話の題材で、当時、最も注目されていた。

ii **カルパンティエ**：Antoine Matthieu Le **Carpentier**（1709-1773）
国王お抱えの建築家の一人で、室内装飾を最も理解することで知られる。ド・ラ・ボワシエール de La Boissière 氏の小さな城やブレ Bourret 氏の住宅は、彼の特徴と好みを表している。

iii **ピノー**：Nicolas **Pineau**（1684-1754）
装飾で有名な彫刻家で、当時の大邸宅のアパルトマン（寝室と一連の付属室）にある彫刻の大部分は彼の作品である。

iv **ダンドリヨン**：**Dandrillon**
木製の装飾パネルに臭いのない塗料で描く方法や、白色の下塗り材を使用せずに彫刻に金メッキする方法を見出した画家。ピエール＝シャルル・ダンドリヨン Pierre-Charles Dandrillon（1753-1812）の父。化学の知識があった。

v
ピエール：Jean-Baptiste-Marie **Pierre**（1714-1789）
有名フランス人画家の一人。優れた配色法によって、アカデミー会員の地位を得た。宗教や歴史、神話をテーマにした作品で定評がある。パリのサン・ロック教会の天井画で知られる。

vi
ダンドリヨン：**Dandrillon**
再掲。木製パネル張りにこれまでつきまとってきた悪臭という印象を消しただけではなく、相応しい香りを塗料に混ぜ込む秘策を発見した。その香りが、数年間持続することは、すでに多くの人が確認している。

vii
ジロー：Claude **Gillot**（1673-1722）
ここで話題にしている類の装飾画家で、ショワジー城では、この種の最高に愛らしいものを描いている。ヴァトー Watteau が若い頃に師事した画家である。

viii
ペロー：Pierre-Josse Joseph **Perrot**（1678-1750）
花、果物、動物のアラベスク文様の最も偉大な時の図案家で、この分野ではペラン Perin、オードラン Audran らを凌いだ。

ix
カフィエリ：Jacques **Caffieri**（1678-1755）
ブロンズ鋳造家の祖で、尊敬される彫金家である。当時のパリの美しい邸宅のすべてのブロンズが彼の作である。装飾デザインにすぐれ、シャンデリア、置時計、家具の装飾金具の制作、室内装飾の分野で活躍した。

x **ユエ**：Jean-Baptiste **Huet**（1745-1811）

アラベスク文様で知られるもう一人の画家で、特に動物の図柄で知られる。

xi **ブーシェ**：François **Boucher**（1703-1770）

「雅」の画家で、18世紀の最も巧みな画家である。ロココを代表し、上流社会の肖像画や神話画の他、壁面装飾やタピストリー、磁器の下絵なども描いた多作の画家として知られる。

xii **ジェルマン**：Thomas **Germain**（1673-1748）

著名な金細工職人で、ヨーロッパのこの分野では最も偉大な作家の息子である。イタリアで学び、フランスだけでなくポルトガルの宮廷でも活躍した。

xiii **マルタン兄弟**：Guillaume, Etienne-Simon, Robert and Julien **Martin**

誰もが知っている有名なワニス職人一家。漆を模造したラッカーの製造者。

xiv **バシュリエ**：Jean-Jacques **Bachelier**（1724-1806）

この分野では、当時、最も優れた画家の一人。後の狩猟画の分野では、ライバルであるデポルト Desportes やドゥードリー d'Oudry らを凌ぐと思われる。

xv **トランブラン**：Charles-André **Tremblin**

オペラ劇場の以前の装飾家で、ヴェルサイユにある小規模なアパルトマン（王室とその付属室）も担当した。

xvi **カール・ルジェリ**：**Carle Ruggieri**

才能豊かなイタリア人花火師で、宮廷や王族に度々雇われた。ブローニュ生まれの5人の兄弟とその子孫からなる花火師一家で、1730年にフランスに定住。

xvii **クレリッチ**：Michele **Clerici**

ミラノのスタッコ職人で、ダルジャンソン伯爵 Comte d'Argenson のヌイイ城の居間の仕上げで名声を得、最後に、サンチュベール城にある君主の居間に関わった。

xviii **ファルコネ**：Étienne Maurice **Falconet**（1716-1791）

優れた作品で名を残す国王付彫刻家。いくつかの作品は、サロン（1755, 1757）に展示された。

xix **ヴァッセ**：Louis-Claude **Vassé**（1717-1772）

もう一人の国王付彫刻家。ノミさばきの軽快さと魅惑的な優美さが、非常に高い評価を得ている。

xx シャルル－ニコラ・コシャン：**Charles-Nicolas Cochin**（1715-1790）

図案家で、版画家としての功績が知られる。著名なエッチング作家であったカロ Callot、ラベラ Labella、ルクレール le Clerc の鮮やかさを、見事に継承した。

xxi ルバ：Jacques-Philippe **Le Bas**（1707-1783）

宮廷版画家。著名画家の多数の作品を版画にした美しい作品集、ツゥニエール Teniers で知られる。

xxii カール：Laurent **Cars**（1699-1771）

もう一人の版画家。彼の版画作品によって、作家たちの才能が後世に伝えられている。

解説

訳者

1．本書について

この短編小説の初版が出版されたのは1758年のパリ、ルイ15世時代のことである。現題《La Petite Maison》を、直訳すれば「小さな家」で、「愛おしい家」のニュアンスがあり、当時は愛人と過ごす都市近郊の私的別荘を指した。本書は、この別荘で繰り広げられる男女の駆け引きを描いたものなので、邦題では『ロココ　愛の巣』とした。普通の小説とは異なり、主人公の表情や外見はほとんど記述されずに、二人が進んでいく建物や庭、部屋の描写が詳しい。それでも、会話と語り手の説明によって、読み手まで魅惑的空間に包まれ、いつしか恋の行方にハラハラしてしまう。

実は、書き始めた当初の結末は異なっていたという。恐らく、より読者の興味を引いて分かりやすい内容にしようと修正されたのだろう。結末が大きく変えて出版され、さらにデザイナーや職人の名前に脚注を付して今に残るのが、1763年版の本書である。

訳者がこの図書の存在を知ったのは、もうずいぶん昔、建築家ブロンデルが手伝った小説があるということに興味をそそられ、また『プチット・メゾン』というそのタイトルに心惹かれたことに遡る。当時は絶版状態だったので、古書店に探索を頼んで2種類手に入れた。手元に届いた古書はいずれも限定本で、美しい図版が掲載されていた。そのうち19世紀末に出版された小さな本には主人公二人の後ろ姿を描いた版画が1枚、20世紀初頭の豪華本の方には水彩で彩色された挿絵10枚がある。確かに、この書を読むと、二人と一緒に建物を見学している気分になり、絵のような情景が目に浮かぶ。流行したプチット・メゾンには悪趣味のものも多かったというので、理想の別荘を伝えたくて、ブロンデルがこの書でアドバイスしようと考えたのだろう。

ロココ様式の建物を詳しく知りたいというのが読み始めた頃の目的だったが、時代背景についても考えるようになり、そしていつしか二人のやり取りの方に関心が移り、すっかり物語の虜になってしまった。ブロンデルが建築の力を伝えようとし、空間の趣味の良さが人をも魅惑するという思いのもとで物語を画策したとすれば、私はすっかりその罠にはまってしまったことになる。ロココ様式が今も女性を魅惑する理由、そして現代に欠けている生活への美的配慮について、改めて考えさせられる物語である。

今では、インターネットを介して原書を読むことができ、現代表記のフランス語版も2種類出版されている。そのうちの一つには別荘の間取りも添付されているが、私が思い描いてきた別荘の様子とはかなり違う。そこで、本書ではブロンデルの建築書『別荘の間取り』(1737, 1738)を参考に、新たにオリジナルの図面を掲載した。また、物語のストーリーを重視して、新たな挿絵も掲載することにした。

この書は、今なら差し詰めバーチャルのモデルハウスといったところだろうか。読むことで、理想のプチット・メゾンの中を歩きまわることができ、原書の註釈のおかげで優れた技術者や芸術家の情報も得られる。魅力的に工夫された部屋が機能的につながっていたことに加えて、可動するリフトやフライングテーブルなど最新設備があったということも、興味深い。ただし、18世紀のお話なので、分かりにくい言葉が多い。そこで新たに本書では脚注を付し、時代背景についての説明も加えた。この書で、ロココ時代のインテリアの様子を楽しんでいただければ幸いである。

2. 作家と建築家

ジャン＝フランソワ・ド・バスティッド（Jean-François de Bastide, 1724-1798）

マルセイユに生まれ、ミラノで没した著述家である。この書の初版時は、まだ30代の新進気鋭の作家なので、知り合ったブロンデルとのやりとりの中で、本書の企画が持ち上がったのだろうと想像する。

彼は、ジャンルに囚われない雑文家で、選集や雑誌、手紙、小説、手記、童話、喜劇、悲劇など、あらゆる分野で活動した。だが、同時代の作家とそりが合わなかったこともあり、次第に忘れ去られ、無名作家の作品としてこの書が残った。

ブロンデルと協働した作品はもう一つある。こちらは、ブロンデルの著書として彼の死後、バスティッドによって出版された『諸芸術に明るい社交界の人々』(L'homme du Monde éclairé par les arts, 1774) である。男女の書簡のやり取りからなり、知性ある上流階級向けの建築美学の書である。これら二つの出版からは、バスティッドとブロンデルの世代を超えた友情が感じられる。

ジャック=フランソワ・ブロンデル（Jacques-François Blondel, 1705-1774）

ルーアン生まれ。建築家というよりも建築理論家というべき人物で、設計した建物は少ないが建築書を多数出版し、私設の建築学校を設立した。王立建築アカデミーとは別に私設学校を設立したためか、アカデミーのメンバーになったのは晩年である。

彼の建築学校では現代の建築教育に近いカリキュラムが組まれ、関連分野の知識や実技も充実していた。実地見学や調査、公開講座、さらには奨学金制度や学生寮もあった。この学校からは、建築家ウィリアム・チェンバース（William Chambers, 1723-1796）やニコラ・ルドゥ（Claude Nicolas Ledoux, 1736-1806）ら次世代の建築家が育っている。さらに特筆すべきは、職人に講座を公開し、また教養的教育も行っていたことである。建物の品格を高めようと、建築教育に情熱を注いだ人物であったことが確認できよう。

プチット・メゾンについても、僅かながら著書で記している。彼の分類によると、唯一、規則がなく自由に設計できる建物だった。ただし、建築家には自由はない、と自制を求めている。フランスのロココ様式は品よく纏っているのが魅力だが、こうしたブロンデルの教えの影響もあるだろう。

3. 時代背景

ロココ様式

ロココ様式とは、フランス国王ルイ15世時代のデザインスタイルで、「ルイ15世様式」とも言われ、家具やインテリアデザインを指すことが多い。本書が出版された頃が絶頂期で、古典様式の規則にとらわれない自由な曲線と曲面が特徴である。例えば、今も見かける家具の猫脚は、ロココ様式の名残と言って良い。ロココ様式は、建築分野ではバロック後期の過渡的様式だと考える向きもあるが、前王ルイ14世時代の豪壮なバロックデザインとは異なり、次のルイ16世時代の古代ギリシャ・ローマを範とした新古典主義デザインとも一線を画する。

ロココとは、ロカイユ（rocaille）に由来する。岩石や石ころを意味する言葉で、庭園に作られる石組みや、洞窟に見られる石と貝殻で作られた装飾を言う。それが転じて、貝殻装飾をロカイユ装飾と呼び、この装飾を多用することから、ロココ様式と言うようになった。色彩は淡く、S字やC字のカーブを描く非対称の可愛らしい装飾で構成され、鏡を多用した自由で曲線的で官能的な女性好みのデザインである。

ただし、ロカイユ装飾は職人が作り出したもので、中世からすでに存在する。だから、建築家や装飾家が作り出したというよりは、職人の腕に支えられた古典様式から逸脱したスタイルと言えよう。

リベルタンと啓蒙主義

前王ルイ14世が亡くなると、貴族たちはヴェルサイユでの堅苦しい生活から解放されて、パリの自邸や別荘での自由気儘な生活を謳歌した。貴婦人たちが開設する私的社交界であるサロンには、リベルタンと呼ばれる自由思想の文化人たちが集い、啓蒙思想が広まった。

18世紀の啓蒙思想の世紀を、フランスでは「光の世紀」と呼ぶ。光で事象を照らす理性の時代、啓蒙主義時代である。啓蒙主義の文筆家には、ヴォルテール、ルソー、ディドロ、モンテスキューらがいる。これに対し、ラクロの『危険な関係』(1782)やサド侯爵の性的快楽を扱った小説も同時期に存在する。後者の流れはリベルタン小説と呼ばれ、モラルに反するため発禁になりながらも読み継がれて今に残る。本書も、誘惑と恋の駆け引きという面で、リベルタン小説の一つと言えるだろう。人は、しがらみから解放された時には、人本来が有する自由と理性の新しい時代を模索する。ロココ様式は、ちょうどそういう時に出現した。国王の力が弱まり、同時にアカデミーの力も弱まり、美の基準が揺らいだ時代に、リベルタンと啓蒙主義、そしてロココ様式が生まれている。小説の中には、理性と感情を比較した表現が度々出てくる。言葉を選びながらも情欲を理性的に捉えている点など、トレミクールとメリットのやりとりから、当時の思考の一端が垣間見られよう。

生活と空間

ロココ様式を語るうえで、当時のサロン生活を抜きには語れない。「サロン」とは、女性が私邸に、文筆家や音楽家などの文化人を招いた集まりで、ローマ生まれのランブイエ侯爵夫人（1588-1665）がパリの邸宅に文化人を招いたことにより広まった。しかし、ルイ14世が宮廷をヴェルサイユに移した絶対王政の時代、サロン文化は一旦廃れる。ところが、国王の死によって状況が一変する。宮廷がパリに移り、幼い国王に代わってオルレアン公による摂政政治が始まったからである。重苦しかったルイ14世の治世が終わった反動で、貴族たちはパリでの自由気儘な生活を謳歌し、サロン文化が再興した。摂政政治が終わって宮廷がヴェルサイユに戻ってからもこの傾向は変わらず、時代の空気を反映して、室内からは豪壮なスタイルが姿を消し、女性好みのスタイルへと変化した。

18世紀には数多くのサロンがパリの館で開かれ、そこから様々な芸術や文化が生まれた。サロンでは、身分に関係なく平等に語り合うことができ、女性も男性と対等に語り合った。この短編小説はルイ15世の寵姫ポンパドール夫人も読んだと言われ、当時のサロンでも話題になったと思われる。サロンは、芸術家にとっては自分を認めてもらう重要な場だが、貴族にとっては気晴らしの場でもある。宮廷の社交界とは違う気楽さがある一方、教養があり上品で機知に富んだ会話術が求められ、話題は必然的に愛を巡る話となる。貴族の粋な恋愛話にはギャラントリー（粋人道）が必要で、常に優雅な言葉で語り、品性（ビアンセアンス）がなくてはいけない。小説の中にも、トレミクールが語る貴族の言葉の特徴や態度が描かれている。

しかしなぜ、貴族はこれほどまでに愛にこだわったのか。そこには、貴族の夫婦の形が関係するだろう。フランスでは、娘が誕生すると適齢期まで修道院で教育を受け、成長すると社交界デビューをして、結婚することで一人前の貴婦人と見做《みな》された。結婚は家同士の契約なので、夫婦は家の中で各々が独立した立場を保持していた。それは建築的にも明快で、互いの生活空間が個別にあり、社交の場も同等に有した。だから、貴族に愛人がいるのは珍しいことではない。当時、室内を飾った雅宴画や閨房画といった自由恋愛をテーマにしたロココ絵画が、時代の気分を表している。

一方、建物の外観は、内部の艶かしいデザインに比べていたってシンプルである。フランスでは自国の文化の起源をあくまで古典古代に求めていたからだと思われる。女性的な習俗や趣味については、堕落もしくは腐敗した結果とも考えられていたようだ。道徳的な価値判断の基準となる習俗と対置されていたのは、美的な価値基準の趣味であったが、この趣味もまた女性化によって腐敗もしくは堕落すると考えられていた。小説の中では、メリットが男勝りの女性として描かれ、趣味をめぐる会話があり、女性を蔑視するような言葉があるのは、こうした当時の思考を表していると思われる。

本書から空間構成を見ると、前時代から随分変わってきていることがわかる。奥へと進むごとに、どの部屋も驚くほどデザインに趣向が凝らされ、目的別に機能的に作られている。ループ状に部屋がつながっているので、さまざまなアプローチも可能である。召使いはいるはずだが二人を邪魔しないように、プライバシーに配慮されている。快適性を考えたロココの館には、今に繋がる住まいの変化が垣間見える。ロココの時代の装飾的な特徴だけではなく、機能性や機械化、プライバシーといった志向を、本書は教えてくれる。

◉主要参考文献

古書・訳本

Jean-François de Bastide　La Petite Maison　Paris, 1763　(Librairie des Bibliophites, 1879)

Jean-François de Bastide　La Petite Maison　Paris, 1763　(Librairie Henri Leclerc, 1905)

Jean-François de Bastide　La Petite Maison　Paris, 1763　(Gallimard, 1995)

Jean-François de Bastide　La Petite Maison　Paris, 1763　(Rodolphe El-Khoury, trans. The Little House: An Architectural Seduction, Princeton Architectural Press, New York, 1996)

Jean-François de Bastide　La Petite Maison　Paris, 1763　(Payot & Rivages, 2008)

Jacques-François Blondel　De la distribution des maisons de plaisance et de la décoration en général, 2 vols. (Charles-Antoine Jombert, Paris, 1737-1738)

Jacques-François Blondel　L'Architecture française, ou Recueil de plans, d'élévations, coupes et profils, 4 vols. (Charles-Antoine Jombert, Paris, 1752-1756)

Jacques-François Blondel　Discours sur la nécesité de l'étude de l'architecture, Paris, 1754
De l'utilité de joindre à l'étude de l'architecture, celle de sciences et des arts qui lui sont relatifs, Paris, 1771
(ジャック＝フランソワ・ブロンデル『建築序説』前川道郎監修・白井秀和訳　中央公論美術出版　1990)

Jacques-François Blondel　Cours d'Architecture, 6 vols.　Paris, 1771-1777

Nicolas Le Camus de Mézières　Le génie de l'architecture, ou L'analogie de cet art avec nos sensations　Paris, 1780

現代

Fiske Kimball　The Creation of the Rococo（Philadelphia Museum of Art, Philadelphia, 1943）

Stéphane Faniel　Le XVIIIe siècle francais, connaissance des arts（Hachette, 1956）

Dora Wiebenson　Architectural Theory and Practice from Alberti to Ledoux（Architectural Publications, 1983）

Peter Thornton　Authentic Decor: Domestic Interior, 1620-1920（Weidenfeld and Nicolson, London, 1984）

Nicolas Courtin　Paris au XVIIIe siècle（Parigramme, 2013）

Collectif　Romans libertins du XVIIIe siècle（Robert Laffont, Paris, 1993）

George L. Hersey　The Lost Meaning of Classical Architecture（MIT Press, 1988）
（G・ハーシー『古典建築の失われた意味』白井秀和訳　鹿島出版会　1993）

John Whitehead　The French Interior in the 18th Century（Laurence King, London, 1993）

Katie Scott　The Rococo Interior: Decoration and Social Spaces in Early Eighteenth-Century Paris（Yale University Press, 1996）

Emile Kaufmann　Architecture in the age of reason, 1955
（エミール・カウフマン『理性の時代の建築』２巻　白井秀和訳　中央公論美術出版　1997）

Collectif　Le mobilier du XVIIIe Siècle à L'Art Déco（Evergreen, Taschen, 2000）

Wylie Sypher　Rococo to Cubism in Art and Literature（Random House, New York, 1960）
（ワイリー・サイファー『ロココからキュビスムへ』河村錠一郎監訳　河出書房新社　1988）

赤木昭三・赤木富美子　『サロンの思想史　デカルトから啓蒙思想へ』（名古屋大学出版会　2003）

Claire Ollagnier　Petites Maison, du refuge libertin au pavillon d’habitation en Île-de-France au siècle des lumières（Mardaga, Bruxelles, 2016）

Aurèlien Davrius　Jacques-Francois Blondel, Un Architecte dans la “ République des Arts”（Droz, Genève, 2016）

論文

白井秀和　フランス啓蒙主義建築思想における「性格」について
（日本建築学会論文報告集　No.330　pp.163-170　1983）

白井秀和　ビアンセアンスとコンヴナンス：フランス古典主義建築理論の重要概念について
（日本建築学会論文報告集　No.333　pp.137-143　1983）

白井秀和　理性としての趣味：ペローからブリズーまで－フランス古典主義建築思潮における趣味の問題Ⅰ
（日本建築学会論文報告集　No.338　pp.150-158　1984）

白井秀和　高貴なる単純さと古典主義建築
（日本建築学会論文報告集　No.339　pp.138-144　1984）

白井秀和　感性的趣味論への変遷：ブロンデルからカトルメールまで－フランス古典主義建築思潮における趣味の問題Ⅱ
（日本建築学会論文報告集　No.342　pp.114-121　1984）

白井秀和　ジャック＝フランソワ・ブロンデルについて
（日本建築学会計画系論文報告集　No.412　pp.143-152　1990）

白井秀和　建築における美の観念－カトルメール・ド・カンシーの建築美論について－Ⅰ
（日本建築学会計画系論文報告集　No.414　pp.109-116　1990）

白井秀和　フランス18世紀の建築書における間取りの概念について
（福井大学工学部研究報告集　Vol.45, No.1　pp.117-127　1997）

市川秀和　18世紀初期フランスとメゾン・ド・プレザンス，フランス－ドイツ啓蒙主義建築思潮研究　その1
（日本建築学会計画系論文報告集　No.523　pp.315-322　1999）

Carole Martin　La promenade architectural de Mélite : initiation au libertinage ou démonstration de savoir-vivre dans la petite maison de Jean-François de Bastide（PUF Dix-huitième Siècle, n°36, Femmes des Lumières. pp. 523-545　2004）

片山勢津子　小説 La Petite Maison にみる空間描写とブロンデルの意図
（日本インテリア学会大会研究発表梗概集　No.17　pp.85-86　2005）

小柳由紀子『18世紀室内空間復元における La Petite Maison の資料的意義』
（フランス文学論集 Vol. 43　pp.1-15　2008）

Aurèlien Davrius　La « petite maison ». Une collaboration entre belles-lettres et architecture au XVIIIe siècle
（Revue d'Histoire littéraire de la France Vol.109　pp.841-869　2009）

片山勢津子　小説『プティットメゾン』の執筆意図について　ロココ様式に関する研究
（日本建築学会 近畿支部研究報告集計画系　No.58　pp.561-564　2018）

片山勢津子　小説『プティットメゾン』の主屋平面図の作成
（日本インテリア学会大会研究発表梗概集　No.33　pp.71-72　2021）

『ロココ　愛の巣』に寄せて

オーレリアン・ダヴリウス　Aurélien Davrius

プチット・メゾン

建築という建物を作る技術は、生活に必要な場所を提供するだけでなく、そこで生活する喜びをも提供する。そのため、古代のウィトルウィウス[1]が三原則として唱えた、堅牢性・利便性・美の三点を兼ね備えた建物を設計することが、建築家には求められる。この原則は、古代の住居と同様にフランス18世紀の別荘、そして日本の民家にも当てはまる。本書によって「小さな家《プチット・メゾン》」という非常に特殊なタイプの住まいを、読者は知ることができよう。すべてが精緻を極め、木工細工で装飾されたブドワールやフライングテーブル、大広間といった当時の部屋に、襖や障子に慣れ親しんだ日本の読者も読むことで馴染んでいくことだと思う。

本書は、1758年に初版が出版された、ジャン＝フランソワ・ド・バスティッドによるフランスの小説『プチット・メゾン（La Petite Maison）』の日本語版で、片山勢津子先生が取り組み出版したものである。この作業は簡単ではなかったことだろう。というのも、18世紀のフランス小説であり、現在も出版されているけれども、ほとんど無名だからだ。なんと残念なことだろう！

それにしてもなぜ、一般大衆にも愛好家にも知られていないのだろうか。文学好きにとっては、筋書きが軽薄なので、独創性に欠けると映るのかもしれない。また芸術愛好家にとっては、著名な芸術家の名前が記されていないがために、物語に描かれている装飾芸術へ関心が集まることなく、長らく放置されてきたようだ。そもそも、図書『プチット・メゾン』の表紙に、著者バスティッドの名前しかないからなのだが、論文執筆のために行った私の近年の調査で、一人ではなく二人でこの小説が書かれたということを確認できた。バスティッドの執筆の背後には、ルイ15世時代の最も重要な建築家の一人、ジャック＝フランソワ・ブロンデルの、芸術的かつ百科事典的知識が隠れていたのである。したがって、この作品『プチット・メゾン』はバスティッドとブロンデルの共作であり、それを日本の読者は読むように誘われているわけだ。あなたが、ヴェルサイユの華麗さや黄金の様子をご存知ならば、フランス啓蒙時代の芸術家や職人による豊かさ、豪華さ、そして技術のすべてを、この本に凝縮したかたちで見出すことができよう。

住むための機械[2]：住宅

都市近郊の別荘地は、古代から存在した。小プリニウス、そしてウィトルウィウス[3]も同様に、別荘について詳しく記している。ルネサンス期イタリアでは、パッラーディオ[4]が農業を主目的とした田舎の別荘ヴィラ・ルスティカについて書いたことで知られる。偉大な理論家セルリオ[5]は、建築第六書『住まいと階層』（1551）の著作において、貧民から富裕市民の住居まで、所有者の富と階級に応じた様々なタイプの建物を示した。こうした伝統を引き継ぎ、フランスやイタリアの建築理論家たちは、16世紀から17世紀にかけて、原則から外れることなく、どのタイプの住居も疎かにはしなかった。例えば、フィリベール・ドロルム[6]の『よい建物を少額で建てるための新工夫』（1561）『建築第一書』（1567）、ジャック・アンドルーエ・デュ・セルソー[7]の『建築書』（1559, 1561）『フランスで最も優れた建物の第一巻』（1576, 1579）、また、セルリオの第六書に倣ってピエール・ル・ミュエ[8]が書いた、最狭小モデルから「オテル・パティキュリエ（Hôtel particulier）」と呼ばれる貴族の館までを扱った、都市における小区画に建つ住宅図面集『万人のための建築技法』（1623）がある。そしてシャルル・エチエンヌ・ブリズー[9]は『今日の建築、あらゆる種類の人々に適した建物技術』（1728）『地方住宅の建設技術』（1743）を出版している。ブリズーの１７２８年の図書『今日の建築』は、フランス建築書の古くからの伝統をそのまま踏襲したものだ。これらに対して、ジャック＝フランソワ・ブロンデルは、ルイ15世時代の大理論家だが、発表した二巻本『別荘建築の間取り』（1737-1738）は、別荘のみを扱った最初の著作だ。

18世紀フランスでは、ルイ14世（1638-1643-1715）の長い治世の後、ルイ15世（1710-1715-1774）に引き継がれた。「大王」ルイ14世は死の床で、当時五歳だった次の「最愛王」ルイ15世に対して、戦争をできるだけ避けるようにと説き、サン・シモン公[10]によれば「建物を愛しすぎた」ことを認めたという。というのも、尊大な国王はヴェルサイユ、マルリー、大トリアノンの建設命令を下して、部屋が連なるフランス式の建物と庭園に、宮廷のすべてを結集した。マントノン国王夫人が晩年、「死ぬ時も対象形が必要」だと、こぼしたほどで、つまり、誇示することと豪華絢爛とが時代に相応しかったのだ。しかし、やがて18世紀に入ると、死別に次ぐ死別が続き、終わりのないように見えた長きにわたるルイ14世の治世も終焉の頃は、より華やかで、親密で、快適に過ごすことを貴族は望むようになっていた。まさにこのような時代背景のもとで、別荘が出現して急速に増殖し、そして「小さな家《プチット・メゾン》」が誕生したのだ。

『プチット・メゾン』建築と視覚芸術の入門書

二人はプチット・メゾンで賭けを行い、彼女はそこに行ったわけだ。／(実の所、彼女はトレミクールのプチット・メゾンが一体何なのか、知りませんでした。そもそも、その名前の示すところの「小さな家《プチット・メゾン》」なるものを、それまで一つも知らなかったのです)／パリ、そしてたとえヨーロッパ中捜しても、これほど優雅で創意工夫に富む場所は他にはないだろう。ではこれから、私どもも侯爵と共にメリットに付き従っ

て、一体どのようにトレミクールとの駆け引きを乗り切っていくのか、見物することにしよう。（本文より）

　この言葉とともに、読者は小説『プチット・メゾン』のページをめくるように促される。主人公のせっかちな誘惑者は、同意した犠牲者である若い女性を、セーヌ川のほとりにある所有地に連れて行く。一見すると、あまり知られていないバスティッドによって書かれたこの短編小説は、クレビオンやデュクロ、ラ・モリエール、ヴォワズノン、ボワイエ・ダルジャン、フージュレ・ド・モンブロン[11]などによる、18世紀の多くの作品と大差ないように見える。しかし、読み進めると、主人公が二人ではなくプチット・メゾンを入れた三人であることに、すぐに気づくだろう。実際、館であるプチット・メゾンこそが主役であり、そこに再評価すべきこの小説の独創性と独自性がある。

　ジャン＝フランソワ・ド・バスティッド（1724-1798）は、１７５８年にこの物語の初版を発表し、五年後に注釈を加えて完成させた。筋書は男女の物語で、18世紀後半の自由奔放なリベルタンの時流を汲んでいる。気高く若く聡明で高潔なメリットは、女性を口説くことに慣れた裕福な放蕩者トレミクール侯爵の誘惑を拒む。彼がいつもの攻略法を採ったにもかかわらず彼女は屈服せず、侯爵をすっかり触発させた。侯爵は、目的を達成するために、プチット・メゾンの罠にかけようと企て、無謀な女性はこの挑戦を受け入れる。こうなると、もはや筋書きにサスペンス性はなくなるので、侯爵の意図どおりの結末になるのは必然だろう。作品の独創性が発揮されるのは、庭園、建築物、室内装飾、芸術品の描写という、前例のない並外れた広範囲にわたる詳しい説明にある。作家バスティッドは、王族や王室の住まいに勝るとも劣らない「私的」かつ豪華な別荘を描いて、洞察力のある博識振りを発揮し、ほぼ専門家ともいうべき非常に知識豊富な案内役であることを示している。時には、造園家の知識と才能を賞賛して、単なる描写の域を超えてしまうことさえある。さらに、恋愛文学と流行する芸術の関係性を見せることで、情報に通じた批評家であることも分かる。著者バスティッドは別荘の訪問を描きながら、本文で21名ものデザイナーについて言及し、さらに註釈では数名を引用して比較している。また、建築が成功するために関連するあらゆる職業にも、関心を払っている。具体的には、画家、彫刻家、製図工、ブロンズ職人、金細工師、ワニス職人、装飾家、スタッコ職人、版画家、さらに庭園をライトアップして女性客を魅了する花火職人にまで、注意を払っている。『プチット・メゾン』は、このように今までとは別次元の手法をとっている。誘惑者が仕掛けた抗えない罠を描いているけれども、同時に、ルイ15世時代の美術品や工芸品を私的規模で展示して解説している。時代のスタイルの本質や趣味の要件を、ミニチュアで映し出す魔法の鏡であると言えよう。ヴェルサイユ宮殿では、偉大な国王ルイ14世時代を巨大な規模で示しているが……。

では、男女の物語と芸術の混在を修飾するのに、「自由思想」時代における、分野の混交について話せば良いのだろうか。小説では、有り余る空間描写によってプチット・メゾンを優先するあまり、恋の陰謀が覆い隠されてしまい、21世紀の読者には、バルザックの描写のような、精密なスタイルの始まりを感じることだろう。しかし、これをどう説明すれば良いのだろう。作者も文章も語っていないことを理解するためには、バスティッドの人生や共同作業、交友関係、参加していた集まりにも目を向ける必要があろう。そうすると、謎を解く手掛かりとして、ジャック＝フランソワ・ブロンデルによって1774年に書かれた、もう一つの小説に気づく。ブロンデルの死後に友人バスティッドが出版した書簡体の『諸芸術に明るい社交界の人々』である。

文学の人と芸術の人：知られざる共作

1774年、建築家、理論家、建築学教授として知られるジャック＝フランソワ・ブロンデルが死去した。同年、遺作となった『諸芸術に明るい社交界の人々』が彼の死後、「ド・バスティッド氏」によってアムステルダムで出版された。バスティッドが亡くなった友に捧げた編集記には、ブロンデル教授が「二年前（したがって1772年）に、世の人々にとって有益で特別な知識で貢献する計画を思いついた」と、読者に示している。死が迫り、その実現が難しくなったので「彼（ブロンデル）は私（バスティッド）にやり遂げたかった計画を託し、二十年来の友情の証を示すよう、実行への協力を求めた」と説明している。この計画によって「実直で有益な作品」が誕生したのだ。バスティッドは、テーマについて次のように述べている。「上流階級の男性は、趣味の良さで、同じような階層の魅力的女性と結ばれる。愛で結ばれることを待ち望んでいる。そう期待しながら、魅了する術を磨くことで胸一杯である。（中略）伯爵はとても博識で、夫人の方はその知識を渇望している。無知が、学びを促す」。ブロンデルによって着手され書かれた作品を、バスティッドが実行して完成させた。恋の駆け引きは、芸術の体系を提示するための口実にすぎない。「芸術が、この書簡の本質的な目的である」と、匿名だが序文で強調している。このように『諸芸術に明るい社交界の人々』の概要と、バスティッドの本書の構成は、非常によく似ている。違うのは、『プチット・メゾン』では、芸術の説明が愛の駆け引きの手助けになっている点である。ブロンデルによって書かれ、バスティッドによって完成されたこの大衆化作品では、あどけない愛の駆け引きが、芸術と趣味の教科書的役割を果たしている。

短編小説の本書では、意識的に各部屋の細部まで詳述し、芸術家の名前とその活動にまで註釈を加えているので、建築家の手が入っていることが感じられる。その正体は明らかだ。ブロンデルとバスティッドを結びつける「友情」と共同作業は、物語が出版される数年前に始まっていた。実はちょっとした証が、ブロンデルと小説『プチット・メゾン』を、疑いの余地なく結び付ける。それは、バスティッドが引用した芸術家の一人、パリの巨匠画家で金箔職人のピエール・ベルトラン・ダンドリヨン（1725-1784）の存在である。ダンドリヨンは「スミレ、ジャスミン、バラの芳香が漂うように壁画に香りをつける方法を発明した人物」と賞賛されている。第二版の彼に関する註釈には、次のように明記されている。彼は、「木製パネルにこれまでつきまとってきた悪臭という印象を消し去っただけではなく、相応しい香りを塗料に混ぜる秘策を発見した。その香りが数年間持続することは、すでに多くの人が確認している」。事実、ダンドリヨンは１７５６年末から１７５８年の初めにかけて、建築アカデミーで同様のプロセスに関する発表をしている。それはニスを使わない塗装や金メッキの技術で、香りの残る木製パネル仕上げとは対照的に、無臭だった。ダンドリヨンから報告がある度に、アカデミーのメンバーのコンタントとブロンデルは、新しい技術に関する報告書を、協会から要請され、その方法を完璧に詳述した完成度の極めて高い報告をしている。バスティッドは同年1758年に『プチット・メゾン』の初版、そして1763年に註釈を付して出版している。だから、誰よりも情報通のブロンデルがこの点についてバスティッドに助言したことは明白だろう。物語はフィクションだが、当時のパリの高級工芸品の最新技術に沿った内容になったのである。ブロンデルの伝記を信じるなら、彼は取り澄ました人物ではなかったので、バスティッドのエロティックなレトリックと豊富な知識を使って、優れた芸術の原則を広めようとしていたようだ。

ジャック＝フランソワ・ブロンデルと18世紀の建築知識の広がり

17世紀まで、さらには18世紀半ばまで、建築家という職業に就くためには師匠の元で建築を学ばなければならなかった。1671年創設の王立建築アカデミーでは、原則を確立し教養を形成することのみを、当初の目的としていた。建築の授業も行われたが、学習のほとんどは建設事務所や現場で行われた。18世紀初頭、この状況は一変する。ヨーロッパで、そしておそらく世界初の私立建築学校が１７４０年頃、パリに設立された。それが、ジャック＝フランソワ・ブロンデルが運営する芸術学校である。この「学校」という言葉は、近代的感覚で現代の単語として理解する必要がある。学校の建物は、さまざまな教室で構成され、各専門分野の教師が雇われ、建築はもちろんのこと図面、幾何学、数学、その他いろいろな授業があった。模型室、製図室、そして何よりも図書室が時間をかけて拡張され、整備されていった。ブロンデルは１７５５年、王立建築アカデミーのメンバーとなり、１７６２年に教授に就き、１７７４年に亡くなるまでその職を務めた。ルドゥー、ブロンニャール、ド・ヴァイイ、それにイギリス人チェンバースやドイツ人デュ・ライら[12]新古典主義の全世代がブロンデルの門をくぐった。新古典派から遠慮なく離れた者も中にはいたけれども、皆、老教授の教えを受けた。それはともかく、ブロンデルが、今日でも実践されている建築の近代的な教育構造を確立し、ディドロ＆ダランベール著『百科全書』の建築に関するほとんどの記事を書き、そして『プチット・メゾン』の芸術に関する部分を担当したことは事実だ。ブロンデルは、初めは過度なロカイユ装飾に反対し、晩年はギリシャ趣味の行き過ぎた厳格さに反対し、時代の好みや習慣の視点から、特に芸術と建築を改革して、ルイ14世時代の偉大な様式、すなわち理性的建築に戻したいという思いを捨て去ることはなかった。しかし、建築家だけを取り上げて芸術が改革できるだろうか。公共建築を行う国家や私的注文を行う施主にも、それぞれの役割がある。

こうした理由から学校設立当初、ブロンデルの講座の対象は、将来の建築家となる学生だけでなく「公共事業の担当者」、つまりいつの日か工事を注文するようになるまさにその人々、現代風言葉で言えば街づくりの「人々」であった。さらに、宮殿、大邸宅、劇場、兵舎など、多数の建物の建設についても同様である。彼の建築書は専門家を対象に出版されたが、『別荘建築』や『百科全書』の５００余の論文の著作は、教養あるアマチュア読者を対象としたものだった。ブロンデルによれば、優れた建築家は賢明で教養あるパトロンと手を取り合ってこそ良い建築ができる。小説『プチット・メゾン』はこの考え方を汲むものである。そして、同じくバスティッドが後に関わるもう一つの小説『諸芸術に明るい社交界の人々』が、ブロンデルの死後に完成し、後世にその思想を遺すものとなった。

18世紀、ヨーロッパ全土において、芸術や文学の世界ではフランス語が共通語として認識されていた。そして、言語と文化を通じて、生活スタイルや芸術も広がっていった。時には旧大陸を越えてエカテリーナ2世治下の帝政ロシアの宮廷、そして新大陸へ、特に19世紀初頭にはカナダのケベックへも広がった。そして今日、日本においても、片山先生の本を介して、ルイ15世時代の思い出と楽しみを通じて『プチット・メゾン』の喜びが味わえる。

訳者註

1 Vitruvius：古代ローマの建築家、理論家
2 建築家ル・コルビュジエは、「住宅は住むための機械」と述べている
3 Pine le Jeune：古代ローマの文人
4 Palladio：後期ルネサンスを代表するイタリア人建築家
5 Serlio：イタリアマニエリスムの建築家
6 Philibert Delorme：フランスルネサンスの建築家、理論家
7 Jacques Androuet du Cerceau：フランスルネサンスの建築家、装飾家
8 Pierre le Muet：17世紀前期に活躍したフランス人建築家
9 Charles-Étienne Briseux：ルイ15世時代のフランス人建築家
10 Saint-Simon：ルイ14世時代末期とオルレアン公フィリップ摂政時代の『回想録』を記したことで知られる文筆家
11 Crébillon, Duclos, La Molière, Voisenon, Boyer d'Argens, Fougeret de Mombron：18世紀の文筆家たち
12 Ledoux, Brongniart, De Wailly, Chambers, Du Ry：後に有名になった建築家たち

感覚とかたち――

あるいは「小さな家」のものがたり

元岡展久

私が欲していたのは、マダムT…その人ではありません。彼女の小部屋を欲していたのです。

Vivant Denon, *Point de lendemain*, Paris, 1812

本書の基本的な情報、すなわち作家のバスティッド、その背景として特記すべき建築理論家ジャック＝フランソワ・ブロンデル、加えて本書の意義については、訳者である片山先生の解説で述べられている。ここでは、この本に描かれた時期、すなわち十八世紀末フランスで流行した「小さな家《プチット・メゾン》」という建築について、かたちにこめられた意味をよみながら、その成り立ちや特徴について考察しようと思う。

本書に描かれているのは、軽い遊戯のような恋愛の物語である。その描写には、建物の具体的な装飾や装備が執拗に記述されている。すなわち恋愛の物語は、『小さな家《プチット・メゾン》』の部屋をめぐって展開し、さらに同時進行で、もう一つの主題である建築及び装飾に関する教養で色づけられている。とはいえ正直に告白すれば、物語としての状況は理解できるとしても、その場所は大人のおとぎ話の舞台のようで、なかなか身体感覚として実感がわかない。実際当時の人々は、どのような空間でいかに感情を往来させ、どのように芸術を感受していたのだろうか。恋愛の舞台となる邸宅の、そのかたち（ありよう）からよみといていこう。

かたちを介した感覚のコミュニケーション

あらためて振り返ってみると、物語の登場人物は、家の持主とそこに招待された婦人の二人だけである。その展開は、館にもうけられた芸術品を鑑賞しながらの両者の会話と、その場所の様子の説明ですすんでいく。通常こうした邸宅では奥にすすむほどその装飾が豪華になってゆく。二人の想いは、ブランコのように離れたり近づいたりしながら、家をめぐることで次第に燃えあがっていく。家めぐりと愛情の高まりがシンクロする。

ここは、この世に比肩するものなどないほど、見事な部屋である。彼はメリットの驚きに気づき、感嘆するに任せた。事実、この大広間は大層魅惑的な造りなので、誰もがここで優しい気持ちになり、持ち主である主人が思いやりある人なのだと単純に信じてしまう。（本文より）

なぜシンクロするのかというと、二人ともに豊かな装飾や芸術品から、高度な教養をもって「自由な恋愛」をよみとる、という共通の能力および価値観を有していたからである。もちろんこの価値観はこの両人に限ったことではない。それは両者が属する階級に共通のもので、当時の社会文化のなかから生みだされたかたちに示され伝えられていた。同じ共同体の空気を吸って立ちふるまう二人のコミュニケーションは、会話のうえでは寄せては返す波のように揺らぎながら、しかし建築や装飾のかたちからは自然に了解される関係のうえに成り立っていた。

さらにすすめて、当時の建築や庭園、装飾など、かたちを介したコミュニケーションとは、どのようなものであったのか、を問う。ここにロココの本質的な意味があり、また当時の建築や装飾の美意識 —— 雰囲気というべきか、あるいは価値観というべきか —— がみいだせると思うのである。

フランス十八世紀は一般に啓蒙期（フランス語で「光の世紀 Siècle des Lumières」）と称される。この「光 Lumière」という語が示すように、啓蒙主義には理性の「光」によって、一般の人々を真理に目覚めさせ、理性的合理的に考えられるよう導くことが意図されていた。一方でこの世紀は、「理性」からはみ出す「感覚」特に「触覚」が重視されたことでも特筆される。例えば、感覚の哲学者コンディヤック[1]がその代表としてあげられよう。また感覚論に影響を受けた同時代のフランス建築家としては、ル＝カミュ＝ド＝メジエール[2]がいた。

ルネサンス以降、古典主義の流れのなかで洗練されてきた美の展開は、知性や伝統を重視するものであったが、専門家の間にのみ共有されていて、一般の人々には理解困難なものであった[3]。一方、十八世紀に生まれた経験の哲学や崇高の美学では、感覚を重視する。感覚をもとに感じる経験のつみかさねが「美」や「快楽」の認識を生みだす。知識によって美を「理解する」のではなく、感覚によって美を「感じる」ことで、身体的な感覚は美を前書きするものとなった。そう考えると、いわゆる「感覚論（センスアリズム）」）――つまりすべての認識が感覚的知覚に帰するという考え――が照らしだす思考の一端で、語彙起源を同じくするセンスエル（官能的な、享楽的な）につながるのは、なるほど、単なる偶然ではなさそうだ。

十八世紀後半ほど社会的（性的な面も含む）なタブーから離れ、私的な活動に自由であった時代はない。そこでは、高度な教養に加え時代の先端的思想をもとに、芸術を味わうことが高尚で私的な気晴らしとして、共有の価値――もちろん「自由な」恋愛も含む――となっていく。演劇や美術、音楽の芸術的審美眼、すなわち美をみいだす目利きは、特に重要な素養となった。『プチット・メゾン（小さな家）』の建築、装飾や芸術品に関してくりかえされる記述は、この洗練された気晴らしと、所有者の品格を保証する審美眼に応じたものだったのである。[4]

感覚から素直に感じることを重視すると、それは美意識の大きな変革をうながした。古典伝統的な古典主義のかたくるしい権威は弱まり、伝統は感覚の背後に隠される。古典のベース生地のうえに、甘くやわらかなクリームが表面におどる。建築の構築的な理念より表層の感覚的なゆらめきに目がくらみ、感情はより一層高められる。のちにロココ様式と称されるようになる室内装飾は、前世紀の遺産を引きつぎつつも当代のセンスエルな美意識をうつしだしたものといえる。ゆらめきとろけるような表層の意匠は、つまり、思想的背景の変化と、前世紀の古典主義の伝統とのせめぎあいのなかから、生みだされたものであった。

こうした状況のなか、メリットとトレミクールの二人の秘密は、読者にも共有される。つまり邸宅という建物のかたちを介して伝えられる情景に、愛情や親密さがぬりこめられていて、それを読み感じる読者を、『プチット・メゾン（小さな家）』を実感できる仲間として、小説のなかの世界によびこんでいくのである。

「小さな家《プチット・メゾン》」という建築タイプ

そもそも「小さな家《プチット・メゾン》」と称される住居は実際にあったのか、そのような疑問がおこる。実は郊外に建てられた「小さな家《プチット・メゾン》」は十八世紀後半のフランス大都市周辺で流行した建築タイプでもあった（以下混乱を避けるため、一般の建築タイプを指す場合は「小さな家《プチット・メゾン》」と記し、バスティッドの著書を示す場合は『プチット・メゾン（小さな家）』と記載する）。

「小さな家《プチット・メゾン》」とはいえ、日本人が想像する茶室のような質素で素朴な空間ではなく、大きく豪華な邸宅が多いのだけれど、宮殿や城と比較すれば小さいともいえる。だが「小さな」はもちろん、規模の大小を示すだけではない。「可愛い家」というニュアンスもあり、加えて小さく親密で、隠れたところにある…つまり秘められた恋愛を暗に示している。より一般的にいえば、都市の現実的な煩雑から隔離された、私的に自由に過ごせるささやかな場所であることを伝えている。

「小さな家《プチット・メゾン》」がどのような住宅であったのかを考察する前に、まずは事例をあげておく。パリ近郊で見ることのできるものとして、ヴェルサイユ宮殿の庭園の北にある「プチトリアノン」はその最も豪華なモデルといえる。端正で古典的な外観に対比して、室内は豊かな装飾にあふれており、本書に記述されるフライングテーブルのような不思議な仕掛けも現存している。邸宅の豪華絢爛な諸室のロココ装飾に天井を仰いでため息つく経験は、写真からでも容易に想像できよう。何よりも美的な華やかさに感嘆する。この住居をあくまでも本書で描かれた「小さな家《プチット・メゾン》」の一例とし、他方の極に壮麗で壮大なる「ヴェルサイユ宮殿」の公的な大広間の造りをとらえ比べてみると、「プチトリアノン」の各部屋は、なんとも可愛く優美でそして私的で親密であることは一目瞭然である。両者の空間の印象はまったく異なっている。

他の事例もあげる。パリ市内でいえば、地下鉄駅メニルモンタン近くの「カレ・ド・ボドワン（Carré de Baudouin）」もよい例である。残念ながら室内は改修され当時の様子は残っていない。周辺の雰囲気も都市に飲み込まれてしまっている。ジャン＝ジャック・ルソー『孤独な散歩者の夢想』の「第二の散歩」は、[5] メニルモンタンの高台であった。当時は豊かな田園や草原の風景が広がる気持ちよいパリの郊外であった。またパリの西端、ブローニュの森には、「バガテル（château de Bagatelle）」がある。当時の様子が周囲も含めて残されている。取り壊されたその他の例も含め、くわしくは近年出版されたオラニエによる「小さな家《プチット・メゾン》」の研究書[6]を参照するとよい。

「小さな家《プチット・メゾン》」の成立

かたちを介して表現される社会や思想のあらわれは、芸術品や装飾などの詳細だけではない。住居自体もしかり。そこで当時の住居をめぐる社会状況を確認しながら、「小さな家《プチット・メゾン》」の特徴を検討しよう。

「住居」と一言でいっても、そのありようは多種多様である。フランスでは、一般的な用語として家はメゾンであるし、貴族の住居にはシャトーやオテルがある。また別荘はメゾン・ド・プレザンスやメゾン・ド・カンパーニュ、一般都市市民の集合住宅はアパルトマンと呼ばれるように、タイプに応じて様々な用語が、しばしば曖昧に、つかわれてきた。あえて「小さな家《プチット・メゾン》」と特称すべき建築の起源を探すのであれば、それは、ジャック＝フランソワ・ブロンデルによる別荘で示された建築的特徴に由来している。だが「小さな家《プチット・メゾン》」と「別荘」はどこかちがう。[7]

「小さな家《プチット・メゾン》」は十八世紀後半よりフランスの大都市郊外で流行した新しい建築タイプであった。そう指摘する研究者オラニエは、それが城郭（シャトー）、邸宅（オテル）

と異なる点として、当時の文献にしるされた特徴をあげている。すなわち都市近郊にあること、規模が小さいこと、建物が一つにまとまってあること、防御的な要素がないこと。ここに自然豊かな庭があることもつけ加えておこう。こうした建築的特徴は、つまるところ、公的な義務から解放された時間を、好きなようにすごすという自由な都市生活を反映している。オラニエはさらにルソーの影響を示唆する。ルソーの言説にあらわれた自然への深い感覚、自らに誠実であり自由を希求する思索から、自然と調和した自由な生活が人々の関心事となり、あらゆる階層が都市近郊に別荘——小さくとも個人の独立王国——をもつことに憧れるようになった。ルソーは夢想する。

わたしはパリのまんなかに住んでいる。家を出ながら、私は田園と孤独を思う。(…中略…)意地悪い連中の行列からのがれた瞬間はなんともいえずうれしい。そして樹木の下、緑の草原に自分をみいだすやいなや、自分は地上の楽園にいるような気がして、人間のなかでいちばん幸福な者であるかのようにつよい心の喜びを味わうのだ。[8]

ただし、都市の雑多な日常から離れた安息を希求したのは、特権階級に限られていないし、都市近郊の別荘も貴族の所有に限定されたものではなかったことに注意が必要である。「小さな家《プチット・メゾン》」の展開は、資本家や芸術家といった裕福な市民階層の欲求によって強くおしすすめられた。同時に彼らの美的感覚や趣味が、建築や内装にかたちとしてデザインされる。当時の人々のうちにみられる自由な振る舞い、自然への憧憬、さらに教養にみちた高尚な気晴らし、これらと建物や内装のデザインが相互に影響をあたえた結果、「小さな家《プチット・メゾン》」という新しい建築タイプのかたちが成立し、人々に共有されるようになった。

フランス革命前夜、いわば別荘の民主化ともいえる変化のなかで「小さな家《プチット・メゾン》」という新たな建築タイプが生まれたわけである。その経緯から、この建築タイプがパリの周辺地域の都市開発に関連していることが了解される。パリが近代都市へと変わる決定的な契機として十九世紀後半のジョルジュ・オースマンによるパリ大改造があげられるが、それ以前にもパリは周辺を都市内に取りこんで拡大してきた。この過程で

「小さな家《プチット・メゾン》」は、十八世紀のまだ田園が残る緑豊かな都市周縁に位置しており、その周辺は都市と自然が混在していた。市民は、都市の密集のなかにつねに住むのを息苦しく思う。さりとて都市から離れた田舎に住むわけでもない。都市の郊外に、広い庭をもち自然をめでながら自由にすごすことのできる一時的別荘こそ、「小さな家《プチット・メゾン》」の新しい「生活様式＋建物タイプ」のコンセプトであった。

「小さな家《プチット・メゾン》」の現代的意義

最後に「小さな家《プチット・メゾン》」という建築タイプのその後の影響を一瞥しまとめとしよう。二〇世紀近代建築において名高いル・コルビュジエは一九二三年に『小さな家 Une Petite Maison』[9]という小さな書物を上梓した。バスティッドの『プチット・メゾン（小さな家）』の原題には定冠詞 La がつき一般的な「小さな家《プチット・メゾン》」を念頭においている一方で、ル・コルビュジエのいう『小さな家 Une Petite Maison』は不定冠詞 Une のついた「ある小さな家」である。この家は「母の家」の別称でも知られており、レマン湖のほとりにあって、文字どおり小さな住宅である。十八世紀フランスの建築に重要なジャック＝フランソワ・ブロンデルやピエール・パットの著書を、ル・コルビュジエが深く参照していたことは指摘されているが、その過程で、バスティッドの『プチット・メゾン（小さな家）』）を読んだ可能性は高い。まあ読んだかどうかはさておき、民主化された新しい生活様式としての「小さな家《プチット・メゾン》」のありようから、単にささやかな住宅という意味ではなく「小さな家《プチット・メゾン》」という建築タイプを、建築家はタイトルにもちいた。少し強引であるが、彼の『小さな家　Une Petite Maison』も本書『プチット・メゾン（小さな家）』をひきつぐ一例として位置づけることも可能であろう――無装飾な近代建築とロココ様式は、表現において対極なので、そのつながりをたどるのは容易ではないが――。

ル・コルビュジエのその「小さな家《プチット・メゾン》」は、彼の設計した他の住宅にくらべて、小さく素朴である。都市からはそれほど離れていない。必要十分な機能であり、そのロケーションは自然を十分に享受できる。そして本宅は別にある。こうした性質は、「小さな家《プチット・メゾン》」が内包するものである。スイス全体を都市としてとらえ、自然あふれる湖畔を理想の住まいの場所とし、同時に社会から受ける悪意に苦しみ、伝統に縛られた社会を痛烈に批判するという十八世紀ルソーの感受性は、二〇世紀の「小さな家《プチット・メゾン》」をデザインする際のル・コルビュジエの感覚そのものである。

現在までを射程にとらえてみると、「心地よい郊外住宅」や「自然あふれる都市生活」は昨今の不動産広告の陳腐な常套句となってしまったようだ。キラキラする言葉だけがうわすべりして——なぜなら「理念」でしかとらえていない、もしくは何も考えていないからだが——実質的なかたちと乖離していることが多い。しかしこれらのコンセプトは、すでに十八世紀の「小さな家《プチット・メゾン》」のありように、身体的、感覚的に凝縮されていた。それらは、「小さな家《プチット・メゾン》」の発展と共にみいだされた価値であり、その価値観はかたちに反映されて人々に共有されてきた。近代建築においても継承されてきた価値であったと主張してもよい。「小さな家《プチット・メゾン》」は単なる十八世紀の独特な文脈のみでとらえる建物ではない。現代にも、その生活様式と建築の感覚的コンセプトは、受けつがれてしかるべきものである。

註

1 コンディヤック著、古茂田宏訳『人間認識起源論』(岩波文庫〈上下〉原著1764年、日本語訳1994年)および、古茂田宏『魂とその外部――コンディヤックの視覚・触覚論によせて』(一橋大学研究年報「人文科学研究」34 pp.241-302. 1997年)

2 Le Camus de Mézières, *Le génie de l'architecture: ou L'analogie de cet art avec nos sensations* (L'auteur [et] chez B . Morin 1780)[ル=カミュ=ド=メジエール著『建築の精髄あるいは建築芸術と感覚とのアナロジー』(未邦訳) 1780年]。ル=カミュ=ド=メジエールには、この書を著し、当時の建築に少なからぬ影響を与えた。

3 だからこそ、ジャック・フランソワ・ブロンデルは、閉ざされた専門家(特にアカデミー)に限定されていた知識を、職人やアマチュアに対しても広げるため建築講座を公開していた。このことは片山氏の解説にも記されているとおり。

4 本書の本文中でも、メリットがいかに高い芸術の審美眼を持っているかが記されているし、またメリットがトレミクールの審美眼、ひいては彼自身の品格を値ぶみしている状況もよくわかる。

5 ジャン=ジャック・ルソー著/今野一雄訳『孤独な散歩者の夢想』(岩波文庫 原著1782年、日本語訳1960年)。メニルモンタンの高台は「第二の散歩」、ブローニュの森は「九」

の散歩にその様子が書かれている。

6 Claire Ollagnier, *Petites Maisons* (Mardaga 2016)［クレール・オラニエ著『プティット・メゾン』2016年（未邦訳）］。「小さな家」と称される建築タイプに関する研究は多くない。今後の展開が期待される興味深いテーマである。

7 「別荘（メゾン・ド・プレザンス）」については、ジャック＝フランソワ・ブロンデルによって1737年、1738年に出版された著書でその詳細が説明されている。

8 ジャン＝ジャック・ルソー 前掲書 p140.「八」の散歩より引用

9 ル・コルビュジエ著、森田一敏訳『小さな家』（集文社 原著1954年、日本語訳1980年）

あとがき

訳　者

この書と巡り逢えたことは、本当に幸運でした。きっかけは、ルイ・サヴォの建築書（1624, 1635, Paris）を読んでいた、ずいぶん昔に遡ります。この建築書に脚注を付けて復刻したニコラ＝フランスソワ・ブロンデル（Nicolas-François Blondel, 1618–1686）について調べていたら、小説を手助けしたという情報が出てきたのです。この17世紀のブロンデルと18世紀のブロンデルとは全くの別人なのですが、当時は二人の情報が交錯していて、そのお陰で小説に辿り着きました。

この小説を読むまで、ジャック＝フランソワ・ブロンデルはロココ様式を否定した建築家だと思っていました。ところが読み始めると、正にロココの甘い空気感です。それが一体なぜなのか。日本人女性をも魅了するロココ様式とは、一体何なのか。とにかく当時の空間を理解しようと読み進めました。その後、一年間パリに留学する機会を得て、実物を知ろうと、小説に登場する建築家やデザイナー、職人の作品を調べました。本書には、ロココの時代の空間が細部まで、見事に描かれています。ずっと気になっていた別荘の平面図もようやく描けたので、ぜひ皆様にロココの魅力をお伝えしたくて、出版に至りました。

フランス語が覚束ないのに読み始めたため、たくさんの方の助力を得ました。フランス人日本建築史家ニコラ・フィエヴェ教授、そして在仏の友人ティエリー、私のフランス語教師ベランジェール、そのほか本当に多くの方々のお陰でこの書ができました。ブロンデル研究家のダヴリウス先生には学術的な寄稿文をいただき、また、お茶の水女子大学の元岡先生には、建築家としての視点からも寄稿文をいただき、この小説の多様な価値を教えてくれます。挿絵は、インテリアデザイナーの小宮容一先生にお願いしました。また、水彩イラストレーターのあべまりえさんとカリグラファーの前田祐加さんには、イメージぴったりの表紙を描いていただきました。そして出版をお引き受けいただいた竹林館社長の左子真由美氏にお会いできたのも、幸運でした。この書を上梓することができましたことを、ここに改めて心より感謝申しあげます。

最後に、出版を楽しみにしていた亡き母に、この書を捧げたいと思います。

片山勢津子

元岡展久（ノブヒサ・モトオカ）

兵庫県生まれ。東京大学工学部建築学科卒業、同大学院博士課程修了。パリ第一大学美術史学考古学専攻博士課程ののち、椙山女学園大学助教授、お茶の水女子大学准教授を経て、現在、お茶の水女子大学教授。博士（工学）、一級建築士。専門は建築意匠、建築教育。主な建築作品：ボルドー第3大学アーケオポール(2005年)、大磯の家（2016年)、のぼりとのあぱーと(2022）など。主な著書:『パリ広場散策』(1998年、丸善)、『建築／かたちことば』(共著、2022年、鹿島出版会）など。

Aurelien Davrius（オーレリアン・ダヴリウス）

フランスのメス生まれ。パリ高等師範学校（ソルボンヌ）美術・建築史博士課程、ピサ高等師範学校博士課程（イタリア）を経て、建築家 J-F. ブロンデル研究で学位取得。現在、パリ・マルケ国立建築学校（旧エコール・デ・ボザール）講師。専門は17－18世紀建築。J-F. ブロンデルに関する多数の著作がある。

片山勢津子（セツコ・カタヤマ）

大阪生まれ。京都工芸繊維大学工芸学部住環境学科卒業後、大林組建築設計部、京都工芸繊維大学助手、京都女子大学講師、助教授を経て、現在、京都女子大学名誉教授。博士（学術）・一級建築士・インテリアプランナー。専門はインテリア史・インテリア計画。
主な著書：『インテリアの計画と設計』（共著、彰国社、1986・2000）『図解テキスト インテリアデザイン』（共著、井上書院、2009）『新しい住まい学』（共著、井上書院、2016）
主な論文：「ランブイエ邸の復元平面図からの考察ー17世紀パリの邸館インテリアの発展」（日本建築学会、2010）

Jean-François de Bastide：*La Petite Maison*
ジャン＝フランソワ・ド・バスティッド 著『プチット・メゾン』(1763 年)
片山勢津子 訳

ロココ　愛の巣

2024 年 3 月 1 日　第 1 刷発行
著　者　片山勢津子
発行人　左子真由美
発行所　㈱ 竹林館
〒 530-0044　大阪市北区東天満 2-9-4　千代田ビル東館 7 階 FG
Tel　06-4801-6111　Fax　06-4801-6112
郵便振替　00980-9-44593　URL http://www.chikurinkan.co.jp
印刷・製本　モリモト印刷株式会社
〒 162-0813 東京都新宿区東五軒町 3-19

ISBN978-4-86000-515-3　C0097